Destinos cruzados

Clara Ann Simons

Destinos cruzados

Clara Ann Simons

Registrado em 20 de 12 de 2023

Para obter mais informações ou se quiser saber sobre novas publicações, entre em contato conosco pelo e-mail claraannsimons@gmail.com.

Índice

Capítulo 1

Sarah

Abro os olhos bem abertos, incrédula com as palavras que dançam diante de mim. Meus olhos escaneiam, uma e outra vez, o tweet da correspondente financeira da CNBC e os comentários que o cercam. Para ter certeza, agarro meu fone de ouvido e o conecto à torre do computador.

— Que prêmio me deram? — a mulher na tela pergunta, sua voz levemente rouca, ressoa em meus ouvidos como se ela estivesse bem ao meu lado.

— Menção honrosa — o moderador da mesa redonda diz, e ela range os dentes, uma clara expressão de desagrado. O som me faz pensar em grafite rasgando o papel.

— Menção honrosa? — ela repete, revirando os olhos — Tudo bem, então. O que for — ela adiciona, balançando a cabeça como se fosse o fim do mundo.

Os executivos ao lado dela trocam olhares nervosos. Um deles encolhe os ombros, confuso com a reação dela, enquanto o moderador retoma a palavra. Que sorte eles terem dado a notícia ao vivo. Hailey Parker recebeu a comunicação em meio a uma conferência sobre tecnologia, onde ela participa. Para nós, jornalistas, isso é ouro puro.

— Hailey, a maioria das pessoas ficaria lisonjeada só de ser mencionada em uma lista que reconhece os jovens mais influentes do setor tecnológico. Você não parece feliz — ele diz, com um sorriso que não chega aos olhos. Mas ele faz bem o seu trabalho, arrancando palavras daquela mulher obstinada.

— A forma como conduzo os negócios é a mesma com que encaro tudo na minha vida. Dedico-me por inteiro, sem exceções. Aceitar menos seria impensável. Sempre me esforço ao máximo. Na universidade, isso significava ter as melhores notas. No esporte, quase me classificar para os Jogos Olímpicos e, no trabalho, eu busco ser a melhor. Sou intensa em todos os aspectos da vida — ela declara, encarando a câmera com olhos de um azul impossível. Alguns diriam que ela nunca pisca, e começo a acreditar nisso.

Ela realmente parece convincente. Talvez tenha ensaiado, mas tenho que admitir que ela tem presença. Aquela mulher sabe exatamente o que faz, tudo nela parece meticulosamente calculado.

O clipe de vídeo termina e eu me vejo deslizando pelos comentários do tweet. Como sempre, a divisão é clara: branco ou preto. Muitos a aplaudem por sua intensidade e paixão, outros a taxam de arrogante e prepotente. Acho que me alinho mais com o segundo grupo, a postura de mulher alfa dela me causa desconforto, embora, sejamos sinceros, eu não me importaria de me perder naqueles olhinhos azuis.

O moderador tem um ponto, só de aparecer em uma lista dos mais influentes já é uma conquista e tanto. Seu desdém parece um insulto a todos nós.

Uma usuária do Twitter argumenta que se um homem tivesse dito aquelas palavras, ninguém o chamaria de arrogante, mas sim de grandemente motivado. Outra aponta que alguém que se esforça para ser excelente em tudo que faz, naturalmente não se contentará com uma menção honrosa; ela mira o topo da lista. Hailey Parker, parece, ganha mais admiradoras do que críticos, o que não me surpreende.

E as cifras da Apurva Innovation Labs, sua empresa de tecnologia, falam por si. Em um ano terrível para o setor, onde as demissões são a norma, suas vendas e lucros disparam. De algum modo, essa mulher consegue levar uma das poucas empresas tecnológicas ao crescimento acelerado, apesar das turbulências econômicas recentes.

Isso pôs a Apurva na mira de vários titãs tecnológicos pensando em adquiri-la. Contudo, Hailey Parker sempre se recusou a ouvir ofertas, e seu conselho de administração a apoia firmemente.

Mas a estrada não é só de flores. Clico em outra aba e me deparo com um artigo de uma jornalista renomada. Relata o assassinato de uma mulher por seu ex-parceiro, usando uma tecnologia desenvolvida pela Apurva Innovation Labs. Há outro vídeo anexado com um trecho de uma entrevista com Parker...

— Eu adoraria cortar os ovos daquele sujeito com uma faca — ela confessa à repórter, com um sorriso que não toca os olhos, mas floresce em lábios vermelhos como se fossem rosas desabrochando no jardim de sua mansão no Upper East Side.

Balancei a cabeça, o estalo da língua contra o céu da boca quase audível. Aquilo me cheirava a invasão de privacidade, uma caçada jornalística que desrespeita a soleira da porta de uma pessoa. Mas quem sou eu para julgar? A repórter, apenas alguns verões mais velha do que eu, coleciona entrevistas que são verdadeiros troféus. Talvez, mesmo contra meu gosto, seja esse o jogo para se fazer um nome nesse mundo. Não cabe a mim atirar pedras nas estratégias alheias.

— Com uma faca de passar manteiga, daquelas que mal cortam, para doer mais — Hailey Parker acrescenta, temperando sua fala anterior com um toque de crueldade calculada. A entrevistadora deve estar contando as visualizações que vai ganhar.

Danada, entregou a manchete em bandeja de prata.

Uma risada me escapa, rouca e descrente, e quando meus olhos desgrudam do brilho da tela, George, meu editor-chefe, está me fuzilando com o olhar.

— Por que está assistindo a vídeos engraçados em vez de trabalhar? — ele indaga, a sobrancelha arqueada tecendo uma acusação silenciosa.

Merda. Eu me encolho, desejo ser uma tartaruga se escondendo no casco, enquanto os lábios se apertam num selo de segredo.

— Estou pesquisando para uma pauta que quero te apresentar — respondo, a voz tão firme quanto posso.

Foi uma resposta no impulso, mas agora estou preso a ler o artigo inteiro, algo que originalmente não estava nos planos.

— É uma resposta um tanto violenta, não acha? — a repórter insiste, certamente buscando mais lenha para a fogueira que quer acender aos pés de Hailey Parker.

— Mais violento é matar a tiros sua ex só porque ela não aguenta mais sua toxicidade — Hailey rebate sem vacilar, a voz um chicote — E já que você perguntou, por que não discutimos como aquele homem conseguiu comprar uma arma? Suponho que você já fez seu trabalho e entrevistou o vendedor da pistola, certo? Porque lembro que foi a pistola que matou aquela pobre mulher, não o app da minha empresa.

A repórter fica sem palavras, e Hailey não perde a chance, movendo-se com a graça de um felino preto rumo à limusina que a aguarda. Ela desvia o jogo, tirando os holofotes de sua tecnologia. Fico me perguntando se ela realmente acredita naquilo ou se foi apenas uma manobra para escapar do cerco.

Os comentários no vídeo e no artigo são um prato cheio de cinismo, mas nada que surpreenda. Alguns palhaços se fixam na resposta de Hailey como um ato de violência em resposta a um crime ainda mais brutal. Outros tentam usar suas palavras como prova de que algumas mulheres estão perdendo o senso, atacando aqueles que a defendem, acusando-os de enxergar apenas seu sucesso, e não os dilemas éticos que sua empresa pode representar.

Parece que a nuance se perdeu completamente quando se trata de Hailey Parker. É como se o sucesso de uma mulher na tecnologia e a ética de sua empresa fossem mutuamente exclusivos — um conceito aparentemente impossível de existir simultaneamente no imaginário popular. Com Hailey, é sempre preto no branco, quem precisa de cinzas?

A cada clique, sou arrastada para uma guerra de opiniões polarizadas. De um lado, estão os defensores ferrenhos, aplaudindo Hailey por despedaçar o teto de cristal na dominante arena masculina da tecnologia. Do outro, os que amaldiçoam até a raiz de sua árvore genealógica — muitas vezes pelo mesmo motivo.

Então aparecem os verdadeiros idiotas, aqueles que torcem a faca com insinuações pessoais — sugerindo que sua dedicação à carreira se deve à incapacidade, aos 35 anos, de encontrar um homem que a aguente. Que imbecilidade é essa? Caramba, Hailey Parker é um espetáculo, e eu, com meus 25 anos, me jogaria aos seus pés sem hesitar.

Outro imbecil arranca fora de contexto sua frase sobre castrar o assassino com uma faca, acusando-a de misandria. E lá vem um terceiro, alegando que tal violência verbal é o que acontece quando uma mulher não coloca o casamento e a família acima de tudo. Como se faltasse mais alguma coisa.

Esse turbilhão de comentários me deixa exausta, navegando entre extremos. Eu me frustro com a superficialidade da cobertura jornalística — ninguém parece interessado em explorar quem Hailey Parker realmente é, ou as práticas de sua empresa.

Fecho o navegador com um suspiro profundo. Mas quem sou eu para julgar? Três anos como estagiária e ainda não tenho meu nome estampado em nenhum artigo. Aprendi a pesquisar, a verificar fatos, a sugerir pautas, a buscar imagens... mas assinar uma matéria? Nem pensar. Pareço a menina dos recados dos homens do escritório.

— Sarah, ao meu escritório! — a voz de George, meu editor-chefe, corta o silêncio, fazendo sinal para que eu me apresse. Droga.

— Pois não, George — murmuro ao entrar, me sentindo como um cordeiro indo para o abate.

— Espero que tenha reunido toda a documentação para essa história que quer escrever — ele diz, olhando por cima dos óculos com um ar de quem realmente quer dizer: "você sabe que vamos demitir alguém em breve, e você é uma forte candidata".

— Quero falar sobre Hailey Parker e sua empresa — solto de supetão, sem ponderar minhas palavras. Que roubada em que me meti.

— Esqueça isso.

— Por favor, George. O caso do assassinato daquela mulher pelo ex está em alta. Acho que posso abordar de um ângulo diferente. Vai ser um sucesso.

— Tem uma semana, Davis. Nem um dia a mais. E é melhor que dê certo — ele rebate, revirando os olhos como se já antecipasse meu fracasso e um motivo para me demitir.

Talvez eu devesse ter escolhido um caminho mais fácil. O maior desafio será apenas chegar perto de Hailey Parker. Deveria ter pensado melhor, mas há algo nela que turva meu julgamento.

Capítulo 2

Hailey

Encosto o dedo no leitor biométrico da porta, e ela cede assim que o vermelho cede lugar ao verde, permitindo-me adentrar nos corredores silenciosos que me levam ao meu escritório no quarto andar.

Hoje, estou atrasada quase uma hora, uma anomalia na minha rotina metódica. Geralmente, sou a primeira a chegar, mas a noite passada com Olga foi um espetáculo de sensações e arrebatamentos que desafiaram o conceito de tempo.

Ao som do sinal suave do elevador, os passos dos meus saltos ressoam pelo corredor e ecoam no piso de madeira que leva às portas de vidro do meu escritório. Mal toco a maçaneta e o som dos meus passos já alerta minha assistente pessoal que, com um leve erguer de olhos do computador, caminha em minha direção.

— Hailey, há uma mulher no lobby querendo falar com você. É jornalista — ela diz, com uma elevação de sobrancelhas carregada de cautela.

— Diga que eu não posso atender. Estou extremamente ocupada esta manhã — respondo prontamente, enfatizando cada palavra. — E que não a deixem entrar, em hipótese alguma. Se ela abordar alguém da equipe, que fiquem em silêncio.

Karen sabe tão bem quanto eu o peso da imprensa; uma aversão que carrego há anos, incutida por Jacob Harmon, meu mentor, desde os dias de universidade. Por que Karen compartilha desse mesmo ódio, nunca soube ao certo.

Desabo na cadeira do meu escritório, sentindo o peso do mundo sobre meus ombros. Essa demanda incessante por entrevistas, essa curiosidade mórbida pela minha vida privada... Agora, eles até aparecem sem serem convidados. A semana passada uma jornalista teve a audácia de me abordar em frente à minha casa, e hoje outra surge aqui, sem aviso, como se eu não tivesse mais o que fazer. Por um momento, anseio pelos dias iniciais da empresa, quando éramos invisíveis.

Eu sabia que a imprensa de negócios nos seguiria de perto com o sucesso da Apurva, mas por que a sensacionalista insiste em me perseguir? Será apenas por ser uma mulher que alcançou sucesso, que não se cala ou sorri por conveniência?

O cansaço se infiltra em meus ossos pela constante exigência e escrutínio que enfrento por ser uma mulher jovem no comando. Cada palavra que profiro parece ser meticulosamente dissecada e criticada. Ainda bem que o departamento de relações públicas me proíbe de comentar no Twitter, apesar da vontade que tenho de responder a alguns dos comentários que leio.

— Te pegaram — Karen declara, uma interrupção abrupta que me tira do torpor. — A polícia acabou de ligar.

— O quê?

— O assassino daquela garota, te enviei o link.

Minha respiração se prende por um instante, enquanto os sons ao redor parecem desaparecer, deixando apenas o palpitar acelerado do meu coração e a tensão que se instala no ar.

Sinto os dentes rangerem, a mandíbula trancar-se num aperto involuntário enquanto viro a tela do celular para baixo, afastando qualquer distração. Não vou carregar esse peso. Não é minha culpa. As pessoas usam o que têm à mão para ferir, e isso inclui a tecnologia. Não tenho responsabilidade sobre os atos de um louco. Lutei demais para chegar até aqui. Meu time de programadores se desdobrou, suou para que nosso produto fosse impecável. Não posso deixar isso manchar nosso caminho.

Dou um tapa na mesa, um golpe de frustração que reverbera na madeira e me castiga a pele, enquanto digito o email que cada funcionário receberá. Há anos implementamos a política de menos reuniões e mais emails. Mais produtividade, menos tempo perdido. E, convenhamos, quem é que gosta de reuniões?

Escolho as palavras com mais cortesia do que gostaria, mas a mensagem é clara. Vou enviar também para os acionistas e a imprensa. Preciso acalmar os ânimos, evitar que a mídia continue nos arrastando na lama por um crime que não cometemos.

—Karen, vou comer alguma coisa no café da esquina — aviso, minha voz ecoando no silêncio do escritório.

Normalmente peço um Uber EATS, para não perder tempo. Mas hoje preciso respirar. Sinto um aperto no peito. Sempre que ergo os olhos, percebo, através das portas de vidro, funcionários lançando olhares em minha direção ou sussurrando entre si. Paranoia ou não, o assassinato parece nos afetar a todos.

Ao sair do edifício, os primeiros raios de sol da primavera beijam meu rosto, varrendo os ventos cortantes do inverno nova-iorquino. Por alguma razão desconhecida, Olga invade meus pensamentos. A lembrança de sua pele dourada contra a minha enquanto nos entregávamos a uma noite inteira de amor.

Estou me acostumando a esse tipo de relacionamento: o encontro casual de uma noite que termina sem promessas de reencontro. Ambas buscamos o mesmo da experiência: uma noite de prazer e diversão, antes de seguirmos com nossas vidas. Sem complicações, sem amarras.

Mesmo assim, ultimamente, cada passo que dou, cada casal de mãos dadas ou trocando beijos nas esquinas da cidade, desperta em mim uma pontada de inveja. Deve ser algo especial ter alguém para dividir a vida, compartilhar fracassos e vitórias, sonhos e esperanças.

— Nah, é complicado demais. Melhor sozinho.

Na fila do café, resisto bravamente à tentação de puxar o celular e me afogar nas notícias. Preciso de calma, um respiro de serenidade.

— Você parece cliente habitual — diz uma voz feminina atrás de mim —. Alguma sugestão no cardápio?

Me viro, movido pela curiosidade, e dou de cara com ela. Olhos de avelã que me encaram com uma intensidade desarmante, e um sorriso que, juro, se faltasse luz, iluminaria o café inteiro. Fico mudo por um segundo; talvez pela raridade de um sorriso tão genuíno ou talvez pelo jeito que sua blusa abraça as curvas do seu corpo, desenhando promessas.

— Recomendo o sanduíche de pastrami no pão de centeio, é a especialidade daqui — consigo dizer, retribuindo o sorriso.

— Vou confiar em você e experimentar — ela diz, e algo naquele gesto de confiança me aquece por dentro.

Quando finalmente chega minha vez, a atendente já sabe:

— O usual? Pastrami no centeio com uma Coca?

— Faça dois — interrompe a moça de cabelos cacheados, com um atrevimento que me surpreende.

A atendente hesita, esperando talvez uma reação explosiva da minha parte, mas dou um aceno lento e um sorriso, e ela se apressa em atender o pedido. Isso foi... corajoso, penso.

— Tá meio cheio aqui, posso me sentar com você? — ela pergunta, e, dessa vez, as palavras me fogem completamente.

Sentamo-nos frente a frente, e ela me brinda mais uma vez com aquele sorriso encantador. Não que eu não esteja acostumado com flertes, mas aqui, neste café, é uma novidade.

— Nunca te vi por aqui, você trabalha perto? — pergunto, mais para quebrar o gelo do que por verdadeiro interesse.

— Sou meio nova no bairro, mas em Nova York já são seis anos. Vim pra cá terminar a faculdade e acabei ficando — ela responde com um sotaque do sul que a torna mais intrigante.

— De onde você é?

— Alabama — admite, fazendo uma careta como se preferisse esconder seu sotaque.

— Sou de Kentucky, quase vizinhos então.

— Você não tem muito sotaque do sul — ela se espanta, arqueando as sobrancelhas.

— Quinze anos em Nova York — justifico.

— O que te trouxe pra Big Apple?

Ela se inclina na minha direção, a pergunta pendurada entre nós, e sua mão fica perigosamente perto da minha. Acho que não foi má ideia vir comer aqui. E começo a pensar que talvez aquela blusa devesse mesmo estar com mais um botão abotoado...

— Vim para cá por causa do trabalho. O cenário das startups é bem vivaz aqui, e é relativamente fácil conseguir investidores e lidar com bancos de investimento. Além disso, tem uma abundância de talento no setor de tecnologia. Muitos pensam em Silicon Valley, mas Nova York não fica atrás.

Sacudo a cabeça levemente, dando-me conta de que estou falando como se ela já estivesse familiarizada com o meu ramo.

— Desculpa, é que tenho uma empresa de tecnologia — esclareço.

Ela acena com a cabeça, devagar, e sinto meu coração pular uma série de batidas. Será que ela acabou de roçar o pé no meu por debaixo da mesa ou foi apenas coincidência?

— Desculpe — ela se retrata, mas de algum modo, acredito que foi uma desculpa pela metade.

Ela está flertando, não há dúvida. Está tentando me seduzir. Passo a mão pelo pescoço, ponderando se devo retribuir o flerte. Não me faria mal algum uma noite intensa.

— Você sabe se eles têm um desfibrilador aqui no café? — pergunto, tentando parecer astuto.

— Como é?

— É que meu coração acelerou agora.

— Ai, pelo amor de Deus! — ela suspira, revirando os olhos. — Essas cantadas baratas realmente funcionam com você?

— Não posso reclamar — respondo, surpreendida, encolhendo os ombros.

— Olha, tenho certeza de que você não tem problemas para chamar atenção. Por dois motivos: um, você é muito atraente. Dois, deve ter um bom dinheiro. Só te aconselho a deixar essas frases de lado.

Isso não me agrada nem um pouco.

— Espera aí. Por que você acha que tenho muito dinheiro? É por causa da roupa? — pergunto, confusa.

— Não, sei porque você é Hailey Parker, a CEO da Apurva Innovation Lab — ela diz, sem alterar o tom de voz. A insolência me irrita.

— E você, o que faz?

Ela me olha com diversão e morde o sanduíche, soltando um gemido suave que, em outras circunstâncias, faria minhas pernas tremerem, mas no momento, estou mais irritada que qualquer outra coisa.

— Você tinha razão, o sanduíche é delicioso — admite, fechando os olhos para apreciar melhor.

— Você não respondeu minha pergunta.

— Sou jornalista.

— Caramba! — quase me engasgo com a Coca ao ouvir isso. — Você é a jornalista que esteve na minha empresa essa manhã?

— Essa mesma — ela diz tranquilamente.

Normalmente, tenho o efeito de intimidar as pessoas, mas com essa mulher, é o oposto. Ela franze o nariz numa careta de desculpas que, sob outras condições, me faria derreter.

— Talvez eu tenha te seguido até aqui desde a tua empresa — confessa.

Recuo, empurrando a cadeira, me preparando para levantar e deixar este café o quanto antes.

— Olha, me desculpe mesmo — ela diz, rompendo o silêncio abruptamente.

— Desculpar o quê, exatamente? Ter me seguido? Esconder sua verdadeira identidade deliberadamente?

— Não dramatiza — ela reclama, mas seu tom carrega uma leveza que contradiz a palavra.

— Dramática? Estou prestes a chamar a polícia aqui.

— E para eles você preparou alguma cantada igualmente piegas? — ela solta uma risada baixa, quase um sussurro. — Se é que importa, eu não tinha intenção de te seguir. Estava apenas esperando naquele prédio, esperando que alguém me deixasse entrar, quando te vi sair. Segui-te até aqui porque queria te conhecer, pedir uma entrevista. Como pode ver, não bombardeei você com perguntas. Não é meu estilo. Prefiro uma abordagem mais... sutil.

— Como fingir interesse por mim?

— Eu estou interessada em você.

— Sabe muito bem o que quero dizer — protesto, sentindo a irritação pinicar sob a pele. — Não se faça de esperta comigo.

Ela balança a cabeça, fechando os olhos por um instante. Quando os abre novamente, seus olhos encontram os meus com uma intensidade que me faz engolir em seco.

— É minha primeira vez entrevistando alguém para um artigo.

— Mas você disse que está em Nova York há seis anos e começou a trabalhar assim que se formou. Não pode ser tão novata.

— Quantos anos você acha que eu tenho? — ela pergunta, sua voz carregando um vislumbre de ofensa.

— Isso não importa. Também não importa o motivo pelo qual nunca fez uma entrevista antes — digo, a impaciência me fazendo vasculhar a saída mais próxima com o olhar.

— Tenho alguns anos de experiência como jornalista e já fiz de tudo, menos assinar meus próprios artigos — ela explica. — Tenho 25 anos, por sinal.

— Eu não perguntei.

— Bem, agora você sabe. E já que você descobriu mais sobre mim do que eu sobre você, deve ter uma ideia do porquê ainda não me deixaram entrevistar ninguém. Talvez eu realmente não seja boa nisso — ela dá de ombros, uma sombra de autocrítica na voz.

Levanto-me da mesa, ponderando. Normalmente, interpretaria sua autocrítica como uma manobra, um jogo para me desarmar. Mas a maneira como seu sorriso desaparece me diz que é sincero.

— Olha, sei que errei, mas se serve de alguma coisa, eu não estava atrás de furo sobre aquele psicopata. Não é a história que quero contar. Eu queria falar sobre você, suas motivações, sua empresa.

Ergo uma sobrancelha, surpresa com suas palavras enquanto ela revira sua bolsa.

— Talvez você me odeie agora, mas se por um acaso mudar de ideia, aqui está meu cartão. E quanto a estar interessada em você, da maneira que pensou inicialmente... em outras circunstâncias, talvez sim — ela confessa com uma piscadela, girando sobre os calcanhares e deixando o café. — Sem o 'talvez' — ela acrescenta.

Na mesa, fica seu cartão de visita e uma nota de 20 dólares para pagar a refeição. Quase sem perceber, meus olhos se fixam no cartão, a famosa tipografia do jornal em que trabalha impressa nele e, no canto esquerdo, um nome: Sarah Davis.

Capítulo 3

Sarah

Solto um suspiro longo e me deixo cair sobre a cadeira. Passei a manhã inteira na cola daquela mulher e, para quê? Tentando me infiltrar em sua empresa, seguindo-a até um café próximo e, bem, flertando com ela? Talvez um pouquinho, tenho de admitir, mas quem não gostaria de um pouco de atenção de uma mulher como Hailey Parker?

Para ser honesta, fiquei chocada por ela ter entrado na brincadeira. Imagino que não tenha dificuldades para encontrar companhia, e só queria que não tivesse dado aquela mancada tão cedo e que o flerte tivesse durado mais. Mas a frase idiota que ela usou para me cantar... Nossa, passei a manhã rindo sozinha só de lembrar.

Segui-la até o café foi uma jogada arriscada da minha parte. Ela já tinha se recusado a me receber em sua empresa. Se não fosse pelo fato de ter sido ela a tentar me conquistar, provavelmente já haveria uma reclamação na mesa dos meus chefes. Justo o que eu preciso para ser demitida do jornal.

O que eu não esperava era que ela fosse tão diferente da pessoa que as entrevistas mostravam. Esperava a típica "rainha de gelo", uma mulher arrogante, excessivamente confiante. No entanto, durante o breve tempo que passamos juntas, sua imagem foi bem diferente. Ela foi gentil, até simpática, mesmo antes de tentar flertar comigo.

— Sarah! — escuto de repente, e ao levantar a vista encontro George, meu editor-chefe, acenando para que eu vá até seu escritório.

Não entendo por que precisam sempre nos chamar aos berros. Suponho que seja a maneira dele de nos lembrar quem é o chefe e quem são os estagiários. Por sorte, o resto dos meus colegas parece muito ocupado e nem sequer percebe. Ultimamente, cada vez que um de nós é chamado ao escritório do chefe, brincamos que será demitido.

— Fecha a porta — ele ordena assim que entro. — E então? Como foi a entrevista?

— Bom... eu consegui falar com ela — admito, procurando as palavras certas na minha cabeça.

— Fantástico! E que informação você conseguiu?

Faço uma pausa e, pelo jeito que meu chefe franze a testa, acho que ele percebeu meu nervosismo.

— Não consegui muita coisa concreta... sei que ela gosta de sanduíches de pastrami no pão de centeio, e só — respondo, nervosa.

— Você acabou de dizer que a tinha entrevistado.

— Eu disse que tinha falado com ela, não que a tinha entrevistado — esclareço, abrindo as mãos. — Ela não quis falar comigo, não me deixou entrar na empresa, nem mesmo para entregar meu cartão ou conversar com sua secretária. Não tive outra escolha a não ser segui-la até um café próximo e...

— Você a seguiu pela rua? — interrompe meu chefe, com uma expressão nada amigável.

Nossa redação é um caldeirão de prestígio nacional e o mantra da ética jornalística ecoa pelas paredes até se tornar um zumbido constante em nossos ouvidos. Mesmo sabendo que a prática por vezes escorrega para o vão entre as palavras e a ação, a imagem deve ser mantida a qualquer custo.

— Você não disse que era jornalista, disse? — ele me interroga com aquele olhar de águia.

— Eu disse, sim. Preferi ser honesta, não queria enganá-la — respondo, forçando uma calma que mal sinto. Não é uma mentira completa. A ideia martelava no fundo da minha mente, mas há algo em mim que queria esticar aquele instante até o último fio. Sim, revelei minha profissão e me arrependi imediatamente, mas isso é uma confissão que prefiro guardar.

Meu chefe revira os olhos e solta um bufo de desdém. Não é novidade alguma ele nos chamar de estagiários mais inaptos que já pisaram na redação.

— Ela é tão arrogante quanto dizem?

— Não, na verdade ela me convidou para almoçar. Foi gentil — digo, e seus olhos se alargam em surpresa. Deixo de fora o detalhe de que sua gentileza se esvaiu assim que minha profissão veio à tona.

— Então, vocês vão se ver de novo?

— Não exatamente. Tive que sair às pressas do café antes que ela pensasse em chamar a polícia... mas deixei meu cartão, caso ela queira entrar em contato — acrescento rapidamente.

— Ah, sim, claro. As escolas de jornalismo estão cada vez melhores. Agora ela sabe seu nome e onde você trabalha... ótima maneira de evitar processos — ele diz com ironia, balançando a cabeça e passando a mão na testa em um gesto teatral de desespero.

— É também uma maneira de jogar a bola para o campo dela. Agora ela pode decidir as condições para a entrevista. Para alguém como Hailey Parker, que está acostumada a ter o controle, imagino que isso seja significativo — retruco com a primeira coisa que me vem à mente, antes que ele possa elevar a voz. Minha resposta parece plantar uma semente de dúvida nele.

— Certo. Psicologia reversa, manipulação emocional... talvez funcione — ele admite, passando a mão pelo queixo pensativamente.

Fico sem palavras, mas sou salva pela insistência de um colega batendo na porta do escritório.

— O que é? — grita meu chefe. — Espero que seja importante.

— É uma ligação para a Sarah, pensei que deveria interromper. É Hailey Parker na linha.

Congelo no lugar, mas um novo berro do meu chefe, acompanhado de gestos frenéticos para que eu atenda o telefone, me arranca do estado de choque.

— Sarah Davis ao telefone, como posso ajudá-la, senhorita Parker?

— Pode me chamar de Hailey — sua voz tem a doçura do mel, suave e envolvente. — Seu autodeboche inesperado me convenceu e...

— Não era minha intenção — respiro fundo, cortando sua fala.

— E não apenas vou me abster de reclamar sobre você para os seus superiores, mas também aceito me encontrar com você para a sua estreia em entrevistas. Mas só com você, entende? Nada de fotógrafos ou colegas de equipe — ela insiste. — Será uma conversa informal e vamos ver no que dá.

— Sério? — tento manter o tom profissional, mas temo que minha voz tenha tremido em um timbre quase infantil.

— Sim, acredito ser a melhor forma de evitar que continue a me importunar. Pode jantar comigo daqui a uma hora?

— Não é um pouco em cima da hora? Meu expediente acaba em duas...

— Eu janto cedo — ela me interrompe, determinada. — Informe seu chefe que você tem um encontro comigo, não terá problemas para sair mais cedo.

— Onde será?

— Vou enviar a localização — diz ela, e a ligação se encerra abruptamente.

— Caramba! — sussurro para mim mesma, tragando ar em golfadas para tentar acalmar o coração acelerado.

— Era ela? — indaga meu editor-chefe, surgindo por trás de mim. — Por que ficou tão vermelha?

Capítulo 4

Hailey

Enquanto a limusine desliza em direção ao restaurante italiano que escolhi, perto da efervescência de Times Square, reviro pensamentos e mais pensamentos sobre o encontro marcado com a jornalista. Pesei os prós e contras, inúmeras vezes. Estou ciente do risco que corro se não for cautelosa. Mas, por outro lado, se consigo que ela publique exatamente o que desejo, a influência do jornal pode virar a opinião pública a meu favor.

Não entendo por que pago meu departamento de relações públicas se, no fim das contas, sou eu quem tem que tomar as decisões nos momentos críticos.

A jornalista tem um ar de honestidade. É nova no ramo, provavelmente ainda preserva aquela paixão inicial pela profissão. Ela também já formou uma opinião sobre mim e sobre minha empresa, o que pode colorir o artigo que escreverá.

Se me reservo demais, escolhendo cada palavra a dedo, posso ser pintada como fria e distante. A imprensa adora me vestir com o manto da "rainha de gelo".

Normalmente, isso não me afetaria, mas agora, com o escândalo do assassinato daquela pobre garota, tal postura pode ser interpretada como falta de transparência.

Por outro lado, se sou acolhedora e amistosa, isso pode ser visto como um contraste muito forte com a imagem que já possuem de mim, talvez até gerando desconfiança. Que enigma.

Sarah Davis é uma novata, o que é uma faca de dois gumes. Talvez seja fácil de influenciar, afinal, é sua primeira entrevista solo. Mas também pode querer provar seu valor aos chefes, buscando polêmica. Ela pode fixar-se em qualquer detalhe e soprá-lo fora de proporção para atrair leitores, ou talvez direcione o artigo para argumentos errados, construindo a narrativa que lhe convém. Ultimamente, a imprensa só complica minha vida.

Karen, minha assistente pessoal, teima que só estou concedendo a entrevista por um interesse romântico em Sarah. Se as circunstâncias fossem outras, não nego que talvez me envolvesse, a moça é atraente, mas o terreno em que piso agora é extremamente escorregadio.

Concordo com meu departamento de relações públicas apenas em um ponto: explorar o fato de que Sarah trabalha num jornal onde os homens dominam os cargos de liderança. Como mulher, talvez o sucesso seja mais esquivo para ela. Nesse aspecto, posso traçar paralelos e ganhar sua confiança. A tecnologia também é dominada por homens. Tentarei usar isso a meu favor.

Assim que a limusine estaciona em frente ao restaurante, percebo que Sarah já está à espera. Descendo do carro, o turbilhão de luzes de néon e telões se entrelaça com a escuridão, tecendo um mosaico cintilante de cores. O trânsito é um caos enérgico, típico da cidade, um ciclista audacioso tece seu caminho entre os táxis amarelos, desencadeando uma sinfonia de buzinas impacientes.

— Muitíssimo obrigada pela entrevista — Sarah me saúda com um entusiasmo visível em seus olhos.

— Não posso prometer manchetes bombásticas para o seu jornal — devolvo com um sorriso, enquanto a porta do restaurante se abre para nós.

Ao adentrarmos, a euforia das ruas cede lugar à suavidade do ambiente. O cheiro de alho e tomate fresco invade meu paladar, um convite silencioso que me faz salivar a cada visita. O som da metrópole se atenua, substituído pelo murmúrio das conversas e o delicado tilintar da prataria.

O restaurante nos recebe com seu charme rústico, vigas de madeira adornando o teto, paredes de tijolos aparentes e fotografias antigas de Nápoles. As velas acesas dançam sobre toalhas de linho, esculpindo um cenário romântico... que seria perfeito, não fosse minha companhia uma jornalista.

— Senhorita Parker, sua mesa está pronta — anuncia o maître,— conduzindo-nos a um canto reservado, onde costumo me acomodar em encontros mais íntimos.

— Grazie mille, Giancarlo — agradeço com um aceno enquanto nos sentamos.

— Enquanto decidem, deseja o mesmo vinho da última vez? — ele pergunta.

Concordo com um gesto e logo estamos a sós, Sarah folheando o menu extenso, claramente indecisa.

— Já veio aqui antes? — lanço a pergunta para quebrar o gelo.

— Meu salário não costuma cobrir esses luxos.

— O filé angus com gorgonzola é uma obra-prima — sugiro, tentando orientá-la.

— Prefiro evitar carne à noite — ela recusa delicadamente.

— Nunca?

— Não, algo mais leve me cai melhor.

Embora não comente, lamento internamente. Ela não sabe o que está perdendo; a carne aqui é sublime, e o molho de gorgonzola é, sem exageros, a perfeição.

O sommelier se aproxima com a garrafa, caminhando com a calma e precisão de quem entende a solenidade do vinho. Ao chegar, ele nos oferece um sorriso cortês, inclina a cabeça e revela o tesouro que guarda entre as mãos, uma camada de pó histórico cobrindo o vidro.

— Seu vinho, senhorita Parker, um Vega Sicilia Único de 1990 — ele anuncia, despejando o líquido no decantador com uma reverência quase artística.

— Por uma dessas já se pagou 50.000 € em um leilão da Christie's. Não é a mesma garrafa, claro, mas é um luxo que nunca teria conhecido se não fosse... bem, o motivo que me lembrou esta manhã — digo, lembrando nossa conversa sobre meu sucesso financeiro.

O sommelier serve um pouco de vinho na minha taça, a cor intensa de cereja captura nossos olhares. O aroma se espalha, e eu, com um sinal, peço que ele se retire.

A noite promete um jogo de palavras e sensações, onde cada gole pode ser tão revelador quanto as perguntas que ainda estão por vir.

— Sarah, faça como eu — instruo, oferecendo um sorriso encorajador.

Ela murmura algo, com uma ponta de hesitação na voz, os ombros encolhidos num gesto de incerteza. — Não faço ideia de como se degusta um vinho.

— Este vinho não é qualquer um, me diga, o que você sente? — Desafio-a, assistindo enquanto ela aproxima a taça do nariz, ainda não completamente persuadida.

— Algo doce, mas não consigo identificar exatamente o quê.

— Feche os olhos, vai ver que alguma memória lhe vem à mente — sugiro. Ela parece cética, balança a cabeça em desacordo e seus olhos cor de avelã se cravam nos meus. Sinto uma onda de calor subir por mim, sem sequer ter provado o vinho, até que ela finalmente fecha os olhos e se concentra na taça.

— Vai achar engraçado, mas... me lembro da minha mãe na cozinha, abrindo o forno e o cheiro do bolo de laranja se espalhando pelo ar.

— Casca de laranja, é um dos perfis deste Vega Sicilia. Também notará notas de menta e anis. Agora, ponha um pouco do vinho na boca, mas não engula. Antes, passe-o por toda a boca e língua. Depois, abra um pouco os lábios, inspire um pouco de ar e expire pelo nariz, sem engolir o vinho. Os sabores e aromas vão te envolver. É então que você pode bebê-lo — é divertido vê-la tentar, espero que isso a ajude a relaxar e a não me bombardear com perguntas.

— Nunca tinha feito isso com um vinho antes de beber, muda tudo — ela admite, fechando os olhos e mordendo o lábio inferior instintivamente.

Queria dizer-lhe que antes de julgar é preciso conhecer o que se tem diante de si, espero que faça o mesmo com minha empresa e com a ideia que tem de Hailey Parker. Melhor não dizer, pois ela pode pensar que tenho outras intenções, embora talvez esteja certa.

— Frutas negras, geleia, é um vinho doce e forte. Você sente alguma especiaria? — pergunto, observando cada expressão dela.

Sarah parece focada na taça, fecha os olhos e toma mais um gole, seguindo minhas instruções à risca.

— Não tenho certeza, mas me lembra pimenta preta... é possível?

— Exato, tem um toque especiado de pimenta preta e cravo, resultado de sua maturação em barris de carvalho francês. Agora precisamos escolher com o que combinar. Tem certeza de que não prefere algo com carne? Seria uma pena.

— Já decidiram o que desejam jantar? — o maître se aproxima, interrompendo nossa conexão.

— Vou querer um filé angus com molho de gorgonzola e minha companhia gostaria de um prato mais leve.

— Que tal um Toro Farnese, senhorita? É um risoto com creme de aspargos napolitanos e castanhas de caju, acrescido de uma redução de Falanghina — sugere o maître.

Sarah encolhe os ombros, e percebo que ela está disposta a encarar a proposta.

— Não faço ideia do que seja a redução de Falanghina, mas este vinho é divino. Se você aprecia um bom branco, posso te enviar algumas garrafas. Recebo diretamente de uma vinícola na Campânia italiana e é perfeito com peixes — comento.

No instante antes de Sarah poder responder, o garçom coloca uma tábua de queijos na mesa, dominada por uma generosa porção de Mozzarella de búfala. Ao lado, aceitunas e pedaços de pão ainda exalando calor e aroma de forno.

— Eu sei que havia dito que não estava interessada naquela história do assassino, mas gostaria que você falasse um pouco sobre a sua posição — Sarah lança a questão depois de um gole generoso de vinho, como se buscasse coragem na bebida.

— Nossa, você não perde tempo — admito com um suspiro ríspido.

— Desculpa, são ordens do chefe, mas quero te dar a chance de explicar a sua versão — ela assegura.

— Eu não matei aquela mulher — murmuro, quase mecanicamente, sentindo o peso daquela acusação como um pesadelo constante.

— Eu sei — ela responde, encarando-me firmemente — Eu sei disso. Não estou te culpando. Mas, seria interessante discutir as implicações éticas de desenvolver uma tecnologia que pode ser usada dessa forma.

— Você não é uma daquelas pessoas que são contra a tecnologia, é? — pergunto, receoso.

— Não, estou longe de ser uma Neoludita. Não tenho problema com a tecnologia em si, mas com o uso que se faz dela. Afinal, Theo Petersson usou um aplicativo desenvolvido pela sua empresa para localizar Lea Baillie e matá-la.

— O que foi um uso ilegal do meu aplicativo, já que ele usou sem o consentimento de sua ex-parceira. Alguns depravados instalam câmeras ocultas em vestiários ou banheiros públicos, e não acho que você vá até os fabricantes para reclamar que o produto deles é antiético — replico.

— Eu faria isso se essas câmeras fossem comercializadas com esse propósito. Verifiquei os registros antigos e por um breve período, Apurva promoveu essa aplicação para vigiar casos de infidelidade.

— Foi um erro de marketing. Não fazemos mais isso. O principal uso dessa aplicação é proteger, não pôr em risco. Foi criada para que mulheres e crianças estejam mais seguras. Toda a nossa publicidade é nesse sentido — explico, tentando manter a calma.

— Hailey, você não é a primeira pessoa da sua empresa com quem falo.

— O quê?

Puxa, ela está levando isso mais a sério do que imaginei.

— Fiz uma ligação rápida para um dos seus vendedores com uma pergunta específica. Se eu quiser saber se meu namorado está me traindo e instalar o app no celular dele sem que ele saiba, ele pode descobrir? Sabe qual foi a resposta?

Felizmente, o garçom chega bem nesse momento. Sei muito bem a resposta, e é uma funcionalidade que sempre buscamos...

— Então, qual foi a resposta que te deram? — insiste Sarah, antes de levar um pedaço do seu Toro Farnese aos lábios.

— A aplicação é indetectável, eu sei. Mas isso é justamente o que traz segurança. Imagine que alguém te sequestre; a última coisa que você deseja é que o sequestrador saiba da existência de uma app que está enviando sua localização em tempo real — argumento, tentando manter a calma que a situação exigia.

— Continua sendo indetectável. Se alguém a instala no seu celular, você não percebe e passa a ser monitorada. Pode até gravar o que você faz. A linha entre segurança e violação da privacidade é muito tênue — ela protesta, com uma ruga de preocupação marcando sua testa.

— Você não faz a menor ideia do que está falando — respondo, revirando os olhos com impaciência.

— Eu não estou te acusando pelo assassinato daquela mulher, Hailey, mas a verdade é que a sua app é usada para descobrir traições e para controlar ex-parceiros. Isso é perigoso — sua voz carrega uma seriedade que reflete o peso das palavras.

— Nossos serviços não devem ser usados sem consentimento — rebateu, com o tom de alguém que já repetiu essa frase inúmeras vezes.

— Detetives particulares também são contratados para seguir pessoas sem o conhecimento delas. O assassino poderia ter feito o mesmo com um detetive, sem precisar da minha app. Você deveria escrever sobre isso, não acha? — provoco, esperando que ela me deixe em paz com isso.

Sarah pausa, mastigando outro pedaço de comida enquanto busca palavras que não encontra, então continuo.

— Se você virar a situação de cabeça para baixo, uma vítima de perseguição também poderia usar minha app para se proteger, mesmo sem o consentimento do perseguidor, e o propósito seria justificado — digo, marcando o ponto.

Ela está sem palavras. Touché.

Vejo que ela se agita, os pensamentos claramente correndo enquanto franze o cenho. Um garçom se aproxima para perguntar se precisamos de algo mais, e eu aproveito o silêncio para mergulhar um pedaço de pão na cremosa e convidativa salsa de gorgonzola — minha fraqueza.

— Está deliciosa, quer experimentar? — ofereço, percebendo seu olhar curioso.

Ela balança a cabeça negativamente, mas esboça um sorriso. Caramba, ela talvez não perceba, mas esse sorriso poderia derreter até mesmo o Ártico.

— Sarah, o fato de pessoas sem escrúpulos terem acesso a essas ferramentas tecnológicas não as torna ruins. Não há dados que mostrem que uma parcela significativa dos usuários as utilize para fins antiéticos. Você dirige um carro, poderia atropelar alguém com ele, mas o que quero que entenda é que nem o carro nem o fabricante são culpados. Qualquer coisa pode ser usada erroneamente para causar dano — argumento, buscando uma compreensão em seus olhos.

— Essas estatísticas não são confiáveis — ela rebate de súbito, ainda com aquele sorriso que me desarma completamente.

— São coletadas por uma das melhores empresas do país — tento afirmar com convicção.

— Mas ninguém vai confessar que usaria o aplicativo para perseguir um ex. Essa desculpa não cola comigo. O perigo está aí, latente — ela insiste, com um tom que carrega uma verdade inconveniente.

Reviro os olhos, sacudindo a cabeça levemente. Preciso assumir as rédeas dessa conversa antes que ela escorregue por entre meus dedos. Talvez tenha sido um erro convidá-la para esta entrevista. O jornal para o qual ela escreve é um dos mais respeitados do país, e um artigo questionando a ética do nosso aplicativo poderia ser devastador.

As ações já despencaram desde que a imprensa revelou o uso de nossa tecnologia pelo assassino. Este é o tipo de dor de cabeça que eu não precisava.

— Nosso objetivo é inovar, fazer algo completamente diferente. Daí vem o nome da nossa empresa — interrompo, tentando desviar o foco da conversa.

— E o que significa? — ela pergunta, com um sorriso que denota curiosidade. Missão cumprida.

— Vem do sânscrito e representa algo sem precedentes, completamente novo. Único, assim como o vinho que estamos degustando — explico, servindo-lhe mais uma taça.

— Interessante — ela murmura, com um brilho nos olhos que sugere que está, de fato, interessada.

— Nos propomos a ser pioneiros não só em desenvolvimento tecnológico, mas também no ambiente de trabalho que criamos. Oferecemos todo tipo de benefício para equilibrar a vida profissional e pessoal. Muito antes da pandemia, já possibilitávamos o teletrabalho. Faço questão de que as mulheres tenham oportunidades iguais às dos homens. Temos creche, sala de amamentação, espaços para uma soneca rápida. Área de jogos, academia. Os horários são flexíveis, assim como as férias. Poderia lhe dar uma lista de exemplos.

Enquanto falo, vejo Sarah retirar um pequeno caderno vermelho da bolsa e começar a anotar. Isso é um bom sinal. Talvez ela se lembre do início da nossa conversa, mas agora está tomando notas. Captei seu interesse. Com um pouco de sorte, ela retratará a empresa sob uma luz positiva, enfatizando mais o que fazemos de bom do que esse maldito assassinato.

— Esse caderno parece perfeito para documentar alguma aventura épica — comento, deixando a ponta dos meus dedos deslizar pela capa do caderno e, sem querer, minha mão roça a dela. Sarah levanta o olhar, nossos olhos se encontram por um instante e ela cora ligeiramente. Flertar um pouco com ela talvez não seja má ideia. Afinal, é algo que eu faria se estivéssemos em outras circunstâncias.

— Que ironia — eu comento, um sorriso se desenhando em meus lábios. — Uma amiga minha fez uma piada parecida quando me deu esse caderno. Disse que eu poderia usá-lo para documentar uma expedição ao Monte do Destino. Sou muito fã de 'O Senhor dos Anéis' — ela se apressa em explicar, a voz tingida de entusiasmo.

— E você já fez essa peregrinação? — pergunto, arqueando uma sobrancelha.

— Até onde eu sei, fica em Mordor — ela responde em tom brincalhão, com um brilho divertido nos olhos.

— Eu estava falando sobre o Monte Ngauruhoe, na Nova Zelândia. O vulcão que Peter Jackson usou como inspiração para o Monte da Perdição nos filmes de 'O Senhor dos Anéis'.

— Nossa, você acaba de me surpreender. É tão entusiasta quanto eu.

— Sempre fui um grande admirador de Tolkien — admito, oferecendo-lhe um sorriso cúmplice, buscando na nossa paixão compartilhada um elo que possa aproximá-la.

— Meu orçamento não me permite esses luxos — ela confessa, desviando o olhar com um ar de resignação.

— É verdade, não é uma viagem barata. Mas vale cada centavo, apesar de quase ter perdido o fôlego na subida. A última parte é incrivelmente íngreme. Tive que escalar de quatro, como um cachorro — digo, recordando o esforço daquela escalada com uma pitada de humor.

Sarah esvazia sua taça de vinho e eu prontamente a encho novamente. Ela está visivelmente mais relaxada agora, e não para de elogiar o vinho, dizendo que nunca provou nada igual. Acabamos pedindo outra garrafa. Eu sei que isso vai pesar no bolso, mas espero que o artigo compense o investimento.

— Tua empresa parece ser um ótimo lugar para trabalhar — ela observa de repente, seu sorriso agora mais frequente, e percebo uma mudança no tom da conversa.

— Eu gosto de pensar que sim — respondo com um encolher de ombros casual. — É surpreendente para você?

— Não é todo dia que se conhece uma empresa assim. É bem diferente do meu ambiente de trabalho.

— Nós realmente tentamos colocar a ética e nossos funcionários à frente dos lucros. Só para dar um exemplo, pagamos nossos impostos no estado de Nova York, não em Delaware ou em paraísos fiscais. Isso faz a diferença para a comunidade como um todo — explico, e devolvo o "acidente" tocando seu pé com o meu por debaixo da mesa.

Ela me lança um olhar travesso e morde o lábio inferior de forma instintiva. Parece que as coisas estão indo muito melhor do que eu esperava.

— No mínimo — continuo —, tento ser muito melhor do que os péssimos chefes que tive quando comecei a trabalhar.

— Não consigo te imaginar trabalhando para alguém — ela diz, e há um calor em sua voz que não estava lá antes.

— A verdade é que eu tinha muita dificuldade com isso. Não consigo ficar de boca fechada quando algo me incomoda. Meu último chefe me despediu por chamá-lo de machista imbecil.

— Caramba — ela suspira, levando uma mão à testa numa expressão de incredulidade.

— E o covarde nem teve coragem de me despedir pessoalmente, mandou uma mulher fazer isso.

— Que idiota! Imagino que você teve que engolir muita asneira para se destacar em uma indústria dominada por homens.

— Assim como você, suponho — digo, arriscando ao tomar sua mão entre as minhas e apertando-a suavemente.

Sarah abre a boca um par de vezes, como se lutasse para encontrar as palavras. Mas, em vez disso, opta pelo silêncio, oferecendo-me um sorriso triste que carrega consigo uma tempestade de emoções não ditas.

Capítulo 5

Sarah

Logo que cruzo a porta da redação na manhã seguinte, noto meu editor-chefe acenando para que eu entre em sua sala. Parece que estava à minha espera.

Ao adentrar o recinto, um arrepio percorre minha espinha provocado pelo frio do ambiente. Não entendo por que ele insiste em deixar a janela aberta, independentemente da estação. Afirma que o frio o mantém alerta, apesar do estrondo incessante do trânsito e das sirenes da rua, que invadem o espaço sem cerimônia.

O relógio de parede aponta as oito da manhã, e os primeiros raios do sol, em tons dourados, começam a se infiltrar pelas persianas entreabertas. Meus olhos vagueiam pela estante abarrotada de livros e prêmios jornalísticos, feitos que ele faz questão de lembrar sempre que possível.

A grande mesa de madeira escura está atulhada com as edições matinais dos jornais. Ele se recusa a lê-los digitalmente; tem que ser no papel. A caneca de café, abandonada possivelmente desde as cinco da manhã, hora em que costuma chegar, já testemunhou três divórcios. E ele brinca dizendo que, com cada casamento desfeito, precisa trabalhar ainda mais.

O som da porta se fechando atrás de mim faz meu coração acelerar. Minhas mãos estão úmidas de suor enquanto me acomodo na velha cadeira de couro, que geme sob o meu peso.

George desaba em sua poltrona com um suspiro prolongado, franzindo a testa enquanto me observa. Sua idade é um mistério; talvez esteja desgastado pelas horas infindáveis de trabalho, embora entre os estagiários corra a piada de que ele deve ter sido um dos fundadores do jornal em 1915.

Ele demora a falar, acariciando o queixo com lentidão, incrementando minha ansiedade à medida que o silêncio se estende. A adrenalina me inunda, afiando meus sentidos como se eu estivesse prestes a confrontar um predador.

— Como foi desta vez? — sua voz é rouca e lenta, cada palavra parece pesar toneladas.

— Acho que bem, pelo menos ela não vai apresentar queixa por assédio — tento descontrair com uma brincadeira.

— Você a entrevistou ou não?

— Sim, ela respondeu às minhas perguntas sobre vários temas...

— Você abaixou o tom de voz no final, isso não é um bom sinal — ele observa, olhando-me por cima dos óculos de aro grosso. Pega uma caneta em sua mesa e me aponta com ela repetidas vezes enquanto aguarda minha resposta.

E eu nem sei por onde começar. A entrevista no restaurante não começou mal, achei que a tinha encurralado. Depois ela me levou para o seu terreno e creio que a última pergunta que lhe fiz foi: "Como você gosta de ser fodida?"

Não foi a melhor decisão terminar na cama dela. Não faço ideia de como isso me passou pela cabeça. Talvez pelo jantar delicioso, pela atmosfera romântica do restaurante, pelas duas garrafas de vinho caríssimo, pelas carícias de seu pé sob a mesa, aqueles olhos azuis hipnotizantes. Droga, eu deveria ter me controlado.

— O que aconteceu? — ele insiste.

— Não muito, eu acho que esse é o problema. Não sinto que consegui o suficiente para publicar um bom artigo. Quer dizer, tivemos uma conversa interessante, falamos sobre coisas significativas da app dela, da empresa ou sobre ela mesmo e...

— Então foi ela quem conduziu a entrevista.

— Eu não diria isso. Aprendi coisas muito interessantes sobre Hailey Parker, mas que não acho que cabem em um artigo jornalístico, pelo menos não no tipo que estamos procurando — admito, e minha mente vagueia para o quanto ela confessou gostar de ficar completamente imóvel enquanto... faz amor.

— O discurso dela, pareceu-lhe calculado?

— Talvez — suspiro.

— Te dão uma história atual em bandeja de prata e você se deixa manipular?

— Eu não veria por esse ângulo, George...

— Escute bem, porque só vou dizer uma vez. Há cinco estagiários neste departamento, e eu só ficarei com um. Quatro vão para a rua e tomarei minha decisão em um mês. Esse é o tempo que você tem para preparar um artigo de investigação sobre essa mulher e sua empresa.

Um artigo que deixe este jornal orgulhoso. Entendeu? — ele indaga, batendo na mesa e elevando a voz.

— Vou tentar — suspiro, ainda sentindo o tremor do susto que ele acabou de me dar.

— Não tente, faça. Se só tentar, estará fora.

— Entendido.

— Sarah, me ouça! — ele exclama quando já estou de pé, pronta para me afastar. — Vê todos esses prêmios? As melhores histórias que publicamos revelam verdades cruas. Às vezes dói escrevê-las, frequentemente as pessoas sobre quem escrevemos são agradáveis e simpáticas, até mesmo nos encantam. São figuras carismáticas, os leitores as veem como revolucionários em seus campos e por isso, quando trazemos à tona a realidade nua, essas histórias chocam... e vendem, principalmente.

— Farei meu máximo, George, pode acreditar.

— Não somos um maldito jornal de negócios. Não nos limitamos a enaltecer os grandes empresários ou os gênios da tecnologia ou seja lá o que for essa mulher. Nosso trabalho é entregar a verdade ao povo, mesmo quando essa verdade se esquiva. Um bom jornalista investigativo não descansa até encontrá-la e faz o que for necessário para isso — ele diz, apontando o dedo em minha direção com a caneta.

— Eu entendo, George.

— Se ela não te der a informação durante a entrevista, investigue. Converse com outros, revire cada maldita pedra daquela empresa até que toda a sujeira venha à tona.

— E se não houver sujeira? — pergunto, baixando o tom de voz.

— Sempre há — ele conclui, erguendo os olhos e balançando a cabeça em negativa.

Dou um suspiro pesado e deixo o escritório, caminhando em direção à minha mesa. O pior de tudo é saber que meu chefe está certo. Não totalmente, é ainda pior saber que ele está certo e que eu conheço exatamente onde puxar para trazer essa sujeira à luz.

Esta manhã, antes mesmo de entrar no prédio do jornal, recebi uma informação anônima sobre uma versão superior daquela app. Segundo meu informante oculto, a polícia conseguiu encontrar um assassino graças a uma inteligência artificial embutida nessa nova versão.

Pode muito bem ser obra de alguém que detesta Hailey ou que tem interesses financeiros no fracasso das ações da Apurva. Mesmo assim, me deram o fio da meada para desenrolar essa história.

Ela não me deu nenhum detalhe sobre a tecnologia usada, nem se a Apurva está vendendo essa versão avançada do app para a polícia de outras cidades ou até mesmo para alguma agência governamental. Apenas me assegurou de sua existência e que a polícia de Nova York a possui.

Mas então me pego pensando nos momentos que compartilhamos. Recordo como sua face ganhou uma tinta rosada no café quando, sem querer querendo, rocei meu pé na sua perna por baixo da mesa. Lembro do toque de sua mão na minha, da primeira vez que entrelaçamos os dedos, do calor. E aquele primeiro beijo, quase tímido, sob o umbral da minha porta. E seu corpo estremecendo ao entregar-se a um intenso orgasmo em meus braços.

Droga. Não posso permitir que uma noite de paixão embace meu julgamento investigativo, mas existe uma voz interna que insiste em acreditar nela... E se um dia descobrirem que ela acabou na minha cama enquanto eu coletava informações para um artigo, meu nome será eternizado neste jornal, mas não por bons motivos.

As palavras do meu editor-chefe ecoam em minha memória como um gongo distante: "nosso trabalho é entregar a verdade ao povo, mesmo quando essa verdade se esquiva". No entanto, não consigo evitar que meus pensamentos voem e começo a sonhar acordada.

Como seria viver um romance com Hailey Parker? Inteligente, apaixonada, linda e com um toque que transcende este mundo. Cada parte de seu corpo é tão receptiva, tão sensível, que infla o ego até as nuvens.

Quando ela se importa com algo, dedica-se de corpo e alma, ou pelo menos foi o que seu olhar transmitiu. Depois de amarmos, com sua cabeça repousando no meu peito enquanto eu deslizava meus dedos entre seus cabelos, ela me revelou a origem da ideia para o app.

Fiquei surpresa ao descobrir que sua motivação inicial era proteger mulheres. Ela me falou sobre os tempos da universidade, quando suas amigas marcavam encontros e informavam através de um grupo onde estariam e a que horas. Sentiam-se mais seguras assim. No seu último ano, criou uma versão beta, ainda rudimentar, que rastreava a localização com mais precisão que as outras aplicações da época. Com o tempo, ela foi incrementando funcionalidades até transformá-la no que é hoje, mas tudo começou com a necessidade de proteger suas amigas.

"Estava exausta de me preocupar com a segurança delas, nós mulheres somos expostas demais aos predadores", ela disse com um suspiro que parecia carregar o peso do mundo. "Vivemos em uma cultura de merda que culpa e envergonha a vítima durante todo o processo. Como se fosse nossa culpa sermos agredidas, como se os malditos estupradores viessem com uma etiqueta na testa." Ela queria proteger suas amigas, porque ninguém mais faria isso por elas, concluiu, antes de sua língua traçar um caminho ardente sobre o meu mamilo.

E a merda é que eu também vivi isso. Aos dezessete, o filho de um vizinho me convidou para um passeio no seu carro novo. Eu, lisonjeada pela atenção de alguém de vinte e três anos, aceitei. Tudo desandou quando ele pousou a mão direita na minha coxa e começou a me acariciar. Pedi que parasse, mas fiquei petrificada.

Só consegui chorar quando sua mão invadiu minha intimidade, roguei para que ele parasse e, por um momento, temi que me levasse para um lugar ermo para me violentar. Por sorte, não foi além, mas já tinha ido longe demais. Ele implorou para que eu não contasse nada e eu cedi, mais por não querer reviver aquela situação, na qual eu não tinha provas, do que qualquer outra coisa.

Me pergunto se ter tido um app como aquele no meu celular e uma amiga alerta teria me feito sentir mais segura. De algum modo, adoro a ideia de que alguém se importasse o suficiente comigo para desenvolver um app para me manter protegida.

Talvez eu esteja a idealizando, mas sua paixão por desenvolver um produto que enfrenta um problema tão comum é genuína. Talvez Hailey esteja certa. Pode ser que seja o mau uso dessa tecnologia que é errado, não a tecnologia em si. Suas intenções são puras.

Mas intenções não são sempre o que importa, e meu trabalho é desvendar a verdade, não importa quem esteja envolvido. Mesmo que essa pessoa seja Hailey Parker.

Capítulo 6

Hailey

—Hailey. Por favor, me diz que não é verdade — implora Karen, minha assistente pessoal, levando as mãos à cabeça e semicerrando os olhos.

—Não faz um drama, não é para tanto — reclamo, tentando manter a leveza na situação.

—Como não fazer drama? Hailey, você não pode se envolver com uma jornalista que está investigando e vai escrever sobre a sua empresa. Você tem noção do quão mal isso parece se vier à tona?

—Isso também não a coloca numa boa posição, certo?

—Você está me dizendo que fez isso para ela escrever coisas positivas, ou até para que ela desista de publicar?

—Talvez — respondo, dando de ombros com uma falsa indiferença.

—Ah, sim, por isso que você passou a manhã inteira encantada olhando as fotos dela na internet. Graças a Deus que temos portas de vidro, porque não quero nem pensar no que você faria se ninguém pudesse te ver.

—Você lembra que eu sou a sua chefe, né?

Karen revira os olhos e sorri. Estamos juntas há anos e sei que ela guardaria minha vida com a dela, mas não gosto do rumo que nossa conversa está tomando.

—Ela não é muito jovem para você?

—Ela tem vinte e cinco anos.

—Naquela foto, eu daria no máximo vinte — afirma, apontando com o queixo para a tela do meu computador. — É tão boa assim?

—Karen! Não vou te dar detalhes íntimos — protesto, beliscando a ponte do nariz e balançando a cabeça, divertida apesar de mim mesma.

—Você corou. É um problema ter a pele tão branca, hein?

—Você é uma idiota, sério. Não tem nada para fazer?

—Isto está muito mais divertido — ela brinca. — Mas falando sério. Você acha que vai nos causar problemas?

—Não. Mantive a conversa longe do novo produto e lhe dei muitos detalhes sentimentais sobre minha motivação para criar o app. Ela vai ficar satisfeita com isso. Espero — adiciono no último segundo, tentando me convencer tanto quanto a ela.

—Está preocupada?

—Sarah é inteligente.

—Desde quando ela deixou de ser "a jornalista" para ser "Sarah"?

—Caramba, como você está chata hoje! — reclamo, lançando um último olhar furtivo para a foto dela no computador.

—Lá no fundo você gosta de pensar que ela pode ser esperta o suficiente para continuar investigando, não é? Seria como um desafio pessoal.

—Seria incrivelmente sexy — suspiro.

—Lembre-se de que somos trezentas e quinze pessoas na empresa, Hailey, isso sem contar os milhares de acionistas. Isto não é um jogo.

—Quando foi que você me viu brincar com algo relacionado ao trabalho? — protesto, estalando a língua em sinal de desaprovação.

— Nunca te vi tão concentrada em fotos de uma mulher depois de terem... passado a noite juntas — Karen comenta.

Solto um bufar sutil de desaprovação, contudo, no fundo, aprecio sua franqueza. Frequentemente sinto que, apesar de encorajar meus funcionários a um diálogo aberto, o desequilíbrio de poder cria uma barreira invisível. Raramente me confrontam e, quando o fazem, ninguém é tão direto quanto Karen. Trabalhar ao lado dela é como ter uma pedra de amolar contra a minha mente, afiando-me. Ela me força a refletir constantemente sobre a situação da nossa empresa, nossos produtos e, ultimamente, sobre a ética.

— Hailey, você sabe que se descobrirem sobre você e a jornalista, isso vai ser um desastre, né? Não estou falando de um incômodo passageiro, pode ser um desastre de verdade — ela me lembra, arqueando as sobrancelhas.

— Estou ciente.

— Um desastre do nível de descobrirem o que estamos fazendo com aquele aplicativo — ela acrescenta.

— Não vejo como isso poderia acontecer.

— Você não pode se descuidar nem por um segundo. Hailey, me ouça — ela insiste, elevando o tom para captar minha atenção —. Por favor, nenhum deslize, por mais incrível que seja o sexo com essa moça, pois você vai repetir, não é?

Dou de ombros, seguindo minha regra de nunca repetir. Uma noite é só uma noite. Sem ligações subsequentes, sem mensagens, sem mulheres frustradas por ciúmes. Simples assim. Mas com Sarah... Com Sarah, talvez eu quisesse uma repetição.

Contudo, o aviso de Karen me deixa gelada. Se alguém descobrir antes de o conselho tomar uma decisão, seria catastrófico. Mesmo depois, não seria fácil de justificar.

Quando soube que Lea Baillee foi assassinada com nosso aplicativo em seu telefone, sem que ela soubesse, senti uma fúria avassaladora. A notícia foi como uma adaga atravessando meu coração. A polícia de Nova York pediu minha ajuda no caso e eu me senti compelida a colaborar. Disponibilizamos toda nossa tecnologia em desenvolvimento. O uso de uma inteligência artificial que não só rastreava o telefone do assassino com precisão, mas que também podia prever seus futuros movimentos baseado em padrões passados. Eu queria que pegassem aquele desgraçado, e talvez tenhamos ignorado todas as diretrizes de controle da inteligência artificial.

O lado bom é que a polícia rapidamente capturou o assassino. O lado ruim? Agora temos em mãos uma tecnologia capaz de prever ações humanas. Uma novidade ambígua, tanto para o bem quanto para o mal.

E claro, a notícia se espalhou feito fogo em palha entre os círculos especializados. O prefeito me convidou para um almoço para discutir a possibilidade de o departamento de polícia fazer uso dessa nova habilidade. Em menos de dois dias, não era só a polícia de Nova York que se interessava, mas também departamentos de outras grandes metrópoles e inúmeras agências governamentais. Logo, governos de países com histórico questionável em relação às liberdades civis se juntaram ao fervor.

Agora, com as ações da empresa despencando desde a descoberta de que nosso aplicativo estava no celular da vítima, parte do conselho administrativo pressiona pela venda da tecnologia antes que nosso próprio governo a classifique como de 'duplo uso' e passemos a estar sob a lupa do Departamento de Defesa.

A divisão de votos no conselho nunca foi tão acentuada. Isso nos trará uma fortuna, quantias indecentes, mas a opinião pública não perdoará. A tecnologia não é ilegal, ao menos por enquanto. Com certeza, trará um nível extra de segurança, mas compromete severamente as liberdades individuais.

A polícia admitiu que nosso novo aplicativo tem sido de valor imensurável na captura de criminosos perigosos.

Claro, em alguns casos, ultrapassamos fronteiras legais, hackeando celulares. Repito para mim mesma que os fins justificam os meios, o tempo é crucial nesses casos. Contudo, sou plenamente ciente de que existe uma linha tênue entre o certo e o errado. Nada é apenas preto no branco, e nosso aplicativo navega em um mar de cinzas perigosamente vasto.

Quero acreditar que podemos auxiliar os "bons" na luta contra os "maus", mas sei que também pode ser usado em uma vigilância massiva que cercearia nossa liberdade.

— Você já decidiu o que vai dizer ao conselho? — Karen irrompe, arrancando-me dos meus devaneios com sua voz impregnada de urgência.

Sua entonação carrega uma insatisfação que conheço bem. Ela não é uma que deposita sua fé cegamente em políticos ou autoridades. Metade da minha equipe é composta de hackers e anarcocapitalistas, e Karen se alinha a eles; todos têm uma visão da tecnologia como um bastião da contracultura digital dos anos noventa, algo que não deve ser manietado por mãos ávidas por poder ou riqueza. A mera ideia de que o conselho está ponderando a venda de nossa inteligência artificial para tais clientes os deixa com a pele arrepiada e o estômago revirado — um conflito palpitante.

Inquieta-me pensar que parte da minha equipe pode abandonar o barco da Apurva. Não quero que nossa empresa seja marcada como uma aliada do autoritarismo, mas compreendo a posição do conselho. Financeiramente, é nosso salva-vidas, e se a decisão for vender, deve ser feita antes que o Departamento de Defesa ponha suas garras sobre nós.

— Ainda não faço ideia — suspiro, sentindo o peso da decisão. — Você será a primeira a saber, prometo.

Com um aceno lento de cabeça, Karen absorve minhas palavras e fixa em mim um olhar carregado de preocupação. Ela se vira, seus passos ecoando um adeus temporário ao sair do meu escritório. Meus olhos, por sua vez, deslizam de volta para as imagens de Sarah Davis que brilham na tela do meu computador.

Capítulo 7

Sarah

— Davis, você tem só mais uns dias antes do prazo acabar. Tic tac, tic tac... Mexa-se se ainda quiser ter um emprego! — o grito do meu editor-chefe invade o ambiente, partindo de seu escritório.

Fico me perguntando por que ele tem que gritar essas coisas, fazendo com que todos os colegas virem seus olhares curiosos, em vez de apenas chamar em privado ou mandar um e-mail.

Ele está certo, é o problema. Já que a Hailey só me passa informações que a favorecem e é uma perda de tempo tentar falar com qualquer empregado de sua firma, decido abordar a própria polícia.

Imaginando que o departamento de criminalística seria o que mais usa o app, liguei e pedi para falar com algum superior. Assim que mencionei querer informações sobre o infame aplicativo, fui redirecionado para um assessor de imprensa, que com polidez, mas sem dizer nada de concreto, desviou de todas as minhas perguntas.

Por sorte, meu editor-chefe puxou alguns contatos e me colocou em comunicação com um certo Ken'ichi Hiramatsu, um ex-inspetor de origem japonesa que aceitou se encontrar comigo.

— Esse app é um verdadeiro perigo — soltou ele, antes mesmo de nos sentarmos à mesa. — Deveria ser proibido, fere a Quarta Emenda.

Enquanto conversávamos, Hiramatsu me contou que desde o começo expressou sua preocupação à polícia, mas que ninguém lhe deu ouvidos.

— Mas quando eu vi do que aquele maldito app é capaz, me arrepiei todo — disse, passando a mão pelos cabelos.

— Pode me dar mais detalhes? — indaguei, surpresa.

— Aquela inteligência artificial consegue prever até quando você vai ao banheiro — resmungou, bufando.

A partir daí, o ex-policial começou a desenrolar a história de como o app foi usado, suas capacidades e os perigos que representava para a privacidade das pessoas.

— Mas isso poderia aumentar a segurança dos cidadãos, resolver mais crimes e até preveni-los antes que aconteçam, certo? — argumentei.

— E também poderia significar um controle total sobre os indivíduos. Vivemos colados nos celulares. Se eles implantarem esse app no seu telefone, é como se você carregasse um chip que informa a todo momento não só o que você faz, mas o que provavelmente fará no futuro. Sua privacidade vai pro espaço — concluiu ele, enterrando a cabeça entre as mãos em desespero.

Ele cravou seus olhos nos meus, com uma urgência que quase podia ser tocada. "Já ouvi falar que não são apenas os departamentos de polícia das grandes metrópoles, mas várias agências governamentais estão em negociações avançadas com a Apurva para adquirir a versão premium do app."

—Logo, logo, todas as ditaduras do mundo vão estar batendo à porta dela, com cheques em branco nas mãos para colocar as garras nessa tecnologia. Aquela mulher vai nadar em mais dólares do que um banco pode armazenar — cuspiu ele, com um ricto de nojo a torcer-lhe a boca.

A conversa com Hiramatsu deixou um gosto que oscilava entre o doce da vitória e o amargo do desalento na minha língua. Sim, eu tinha em mãos a história que poderia estampar meu nome na capa dos jornais, garantindo meu emprego. Contudo, a sombra da ameaça à liberdade individual, como o ex-policial destacou, pesava em minha consciência. Não me apetecia a ideia de afundar a empresa sem antes dar a Hailey a chance de se explicar. Ela é inteligente, deveras inteligente. Certamente, ponderou os riscos e benefícios de sua criação antes mesmo do primeiro código ser programado.

Vejo mérito em disponibilizar a app para combater o crime, mas uma distribuição ampla em busca de lucro puro... isso é outra história, e muito mais difícil de justificar.

Preciso falar com ela. Hailey é a chave para entender a verdadeira extensão desta trama. Parece-me justo dar-lhe a oportunidade de expor seus argumentos. Mas... algo no fundo do meu ser sussurra que, ao fazer isso, posso estar jogando fora qualquer chance de algo mais com Hailey.

Espero, com uma paciência que me é estranha, à frente da empresa, até que a maior parte dos funcionários deixa o prédio, encerrando mais um dia de trabalho. Tomo fôlego e aperto o interfone.

—Apurva, como posso ajudá-la? — a voz feminina soa do outro lado.

—Boa tarde, sou Sarah Davis. Sei que é um pouco tarde, mas preciso falar com a senhorita Parker. É importante — minha voz vacila nas últimas palavras, entregando a urgência que sinto.

—Um momento, por favor.

O coração martela no meu peito enquanto aguardo, minutos que mais parecem eternidades, até que a voz retorna, tranquila e profissional.

—Pode subir, senhorita Davis.

Um suspiro de alívio escapa por meus lábios enquanto a luz do interfone se acende em verde e a porta se destranca. Cada músculo do meu corpo está enrijecido com a antecipação do encontro enquanto aguardo o elevador que me levará ao encontro dela. E, para minha sorte ou meu infortúnio, Hailey me recebe logo que alcanço o andar de seu escritório.

—Senhorita Davis, a maioria dos funcionários já foi para casa. Seremos apenas nós duas aqui, além do pessoal de segurança lá embaixo. Espero que isso não seja um incômodo — sua voz dissimula, mas seus olhos traem um brilho de algo mais enquanto me conduz ao seu gabinete.

Aguardo o clique da porta fechando-se para começar.

— Preciso te perguntar algo importante sobre o seu app — murmuro, baixando o tom da minha voz.

— Depois você me conta — sussurra ela, colocando seu indicador sobre meus lábios e pressionando-me contra a parede.

— Hailey, é sério — exalo, num suspiro.

Tento insistir, mas ela adere ao meu corpo, desenhando o contorno dos meus lábios com a ponta de seus dedos, enquanto beija suavemente meu pescoço. Com as mãos planas contra a parede e o calor dela fundindo-se ao meu, sinto minha determinação começar a vacilar.

Deveria parar, sei que quando Hailey descobrir que estou por dentro das novidades do seu app, ela se afastará de mim. Também não é exatamente ético se entregar ao desejo no seu escritório e, dias depois, publicar um artigo que pode arruinar sua empresa, mas um impulso irrefreável me impede de resistir.

Sua boca se aproxima da minha, os lábios entreabertos e a cabeça inclinada. Ela está deslumbrante, sua loira juba presa num rabo de cavalo alto.

— Hailey, por favor — minha voz sai num tom mais suave do que eu pretendia.

— Você realmente quer que eu pare?

— Sim — sussurro.

— Não me diga que não está com vontade, porque é muito evidente.

Hailey agarra minha mão direita e a guia até suas formas. Minha resistência está por um fio e meu corpo inteiro treme ao deslizar minha mão sob suas calças, tocando sua pele desnuda.

— Caramba, você não está de calcinha?

— Tirei enquanto você subia — ela sussurra de volta.

Ela puxa minha blusa para cima, liberando-a da cintura das calças, e suas mãos quentes percorrem lentamente as minhas costelas. Entreabre meus lábios com o seu inferior, quase acariciando-os, um contato tão suave que faz meu corpo inteiro estremecer.

Enquanto me beija, ela desabotoa minha blusa, um botão de cada vez, deixando-a cair aos nossos pés. Perdida na profundeza de seus olhos azuis, permito que a ponta de seus dedos trace o perfil da minha clavícula, provocando arrepios ao longo da minha espinha quando escorregam pelo meu decote.

Antes que eu perceba, meu sutiã também jaz no chão e Hailey acaricia meus seios com uma delicadeza que me deixa sem fôlego, quase com veneração. Seus dedos deslizam lentamente, contornando-os, seus toques fazem meus mamilos endurecerem, desenhando círculos sutis na minha areola.

Um desejo avassalador se apodera de mim. Eu a beijo com fervor, minha língua em busca da dela, cobrindo seus pequenos seios com minhas mãos, sentindo a firmeza de seus mamilos sob o sutiã, arrancando-lhe gemidos abafados.

Com pressa, ajudo-a a se livrar de seu eterno suéter preto de gola alta e, numa desajeitada liberdade, desprendo seu sutiã. Mordo meu lábio inferior, desejoso ao ver seus seios, revivendo seus gemidos de prazer da semana passada em minha casa.

Giro-a e beijo seu pescoço, sentindo seus mamilos se enrijecerem sob meus dedos. O artigo maldito que se dane, agora só quero estar dentro dela, sentir seu clímax contra meus dedos.

Largamos os sapatos, nos desfazemos das calças e da roupa íntima com pressa, enquanto sua mão direita se aventura entre minhas pernas, tocando minha intimidade.

Perco-me novamente naqueles olhos azuis profundos enquanto ela afasta uma mecha de meu cabelo da testa, como se quisesse minha permissão para prosseguir.

Concordo com a cabeça e solto um grito contido ao sentir seus dedos deslizarem na umidade dos meus lábios e depois levá-los à minha boca. Silencio meus gemidos neles, saboreando-os, inalando o aroma da minha própria excitação.

— Senta na mesa — sussurra ela, com sua respiração tocando minha orelha.

Obedeço, e ela se ajoelha entre minhas pernas. Acaricia meus tornozelos, atiçando todos os meus sentidos. Seus dedos leves percorrem meus pés descalços, seus lábios beijam minhas panturrilhas enquanto fecho os olhos e inclino a cabeça para trás, rendendo-me ao momento.

Ergo a cabeça e, por instinto, abro mais as pernas ao sentir a respiração dela em minha intimidade, libertando um gemido sonoro quando sua língua pressiona a entrada da minha vagina.

Ela me saboreia com lentidão, de cima a baixo, como se deliciasse um sorvete, insistindo um pouco mais ao chegar ao meu clitóris antes de voltar a trilhar a mesma rota. A sensação dos seus seios nus contra as minhas pernas me faz estremecer.

Entrelaço meus dedos em seu cabelo, acompanhando o ritmo de sua língua sobre mim enquanto dois dedos dela deslizam para dentro, e sua mão esquerda acaricia minha coxa.

Não aguento mais e me deixo cair sobre a mesa, o frio da madeira contrastando com o calor da minha pele.

— Hailey, eu já vou — ouço, enquanto alguém abre a porta.

— Caramba!

Desajeitadamente, tento cobrir-me enquanto vejo a assistente pessoal de Hailey nos acenar um adeus.

Com a respiração ofegante e incrédula com o que acabou de acontecer, fico paralisada, sentada na mesa com as pernas ainda abertas e uma mão sobre minha intimidade.

— Que cara é essa? — Hailey brinca.

— Você é louca, caramba!

— Relaxa. A Karen é de confiança. Deita aí de novo, não gosto de deixar as coisas pela metade — ela sussurra, deslizando a palma da mão por mim.

Lentamente, balanço a cabeça em negativa e seguro seu pulso para afastar sua mão. Hailey me olha confusa, mas não protesta. Ela se levanta e toma assento numa cadeira à minha frente, levando à boca os dedos que estavam em mim momentos atrás.

E, por alguns instantes, ficamos em silêncio, completamente nuas no isolamento do seu escritório. Minha mente ainda gira com a interrupção da sua assistente, perguntando-me o que acontecerá quando eu perguntar sobre o app. Será que o que acabou de acontecer se repetirá? Teremos algum futuro juntas? Ela se afastará assim que falarmos?

Fecho os olhos e solto um longo suspiro enquanto desço da mesa à procura das minhas roupas, desejando ardentemente que as respostas para as duas primeiras perguntas sejam um sim.

Capítulo 8

Sarah

—Preciso falar contigo sobre o aplicativo — murmuro, ainda me vestindo.

Hailey está sentada à minha frente, vestindo apenas uma blusa de gola alta preta, que mal cobre seu corpo. Ela cruza as pernas nuas com uma elegância provocativa, quase como se exibisse seu sexo de propósito ao fazê-lo. Sem desviar o olhar, entrelaça os dedos sobre o colo.

—Posso marcar uma reunião com os engenheiros da nossa equipe de pesquisa e desenvolvimento — ela diz, a voz transbordando uma fria profissionalidade. — Eles vão te guiar pelos detalhes técnicos do software.

—Hailey.

—Ou talvez com o chefe do departamento de análise de dados. Eles são responsáveis por treinar nossa inteligência artificial.

—Hailey, eu sei sobre a versão avançada que o departamento de polícia de Nova York usou — interrompo, minha voz não passa de um sussurro.

Ela franze os lábios, e uma tensão palpável irradia de seu corpo. Segue meu olhar até a porta do escritório, como se verificasse que ninguém possa nos ouvir. Penso em como, enquanto me amava, ela não se preocupou se alguém pudesse estar por perto, e agora parece nervosa.

—Senta aqui — ela pede, batendo a palma da mão no sofá ao seu lado.

Desabo ao seu lado no sofá e me viro para encará-la. Se alguém entrasse agora, pensaria que estamos loucas. Ela de blusa e eu de sutiã.

—O quanto você sabe, exatamente? — ela questiona, com um olhar agora gélido.

—Conversei com um ex-analista do departamento criminal da polícia. Ele trabalhou com o app enquanto investigava o caso do assassinato de Lea Baillee e outros.

—Keni'chi Hiramatsu — ela corta.

—Não importa quem, Hailey. Ele explicou como funciona, como a IA pode prever o comportamento futuro das pessoas baseado em certos padrões — respiro fundo e engulo em seco antes de prosseguir. — Disse que vocês têm programadores capazes de instalar o aplicativo em qualquer celular, à distância e sem consentimento do usuário. Também afirmou que outros departamentos de polícia e agências governamentais estão interessados no app. Até governos de outros países.

—E você quer que eu confirme tudo isso para o seu artigo? Você realmente acha que sou tão idiota? Foi por isso que deixou tudo acontecer antes de trazer o assunto à tona?

—Eu tentei te falar assim que cheguei, Hailey. Foi você que não me deixou terminar — protesto, minha voz um pouco mais alta do que deveria.

Observo-a inspirar profundamente e expirar lentamente, como se pesasse cada palavra antes de falar.

—Hailey, já tenho informação suficiente para escrever o artigo — asseguro-lhe, com uma firmeza que mascara minha hesitação.

Ela me olha, o cenho franzido em confusão, como se um enigma estivesse diante dela.

—Então, por que veio até aqui? Para jogar isso na minha cara? Para me provar que é mais esperta?

—Não — sussurro, me inclinando para frente e tomando sua mão macia e fria nas minhas—. Eu só queria que você soubesse sobre o que eu vou escrever e, talvez... dar a você uma chance de explicar o que vocês fizeram.

Ela suspira, ombros desabando sob o peso de um mundo invisível.

—Ainda não tomamos nenhuma decisão final sobre essa versão do app — confessa, com um toque de resignação na voz—. Sim, nós desenvolvemos um software mais avançado e o entregamos à polícia de Nova York para resolver o assassinato daquela garota. Francamente, me senti horrível ao descobrir que o stalker usou nosso produto para segui-la e matá-la. Eu sempre digo que não é culpa da tecnologia, mas do uso indevido dela, porra. Sou humana. Tenho sentimentos e ninguém gosta de ver sua criação usada para assassinar alguém.

—Hailey, eu só estou fazendo meu trabalho — peço desculpas, apertando sua mão suavemente.

—E você fez muito bem. Tenho que admitir — ela diz, levantando as sobrancelhas em um gesto de reconhecimento.

—Vamos esquecer por um momento a polícia de Nova York — proponho, buscando seus olhos—. A app cumpriu seu propósito e ajudou a pegar um assassino, então acho que o fim justifica os meios. Mas essa tecnologia poderia acabar em mãos de organizações sem a mesma integridade moral. Você entende os riscos, não é?

—Foi criada para trazer segurança às pessoas.

—E pode fazer exatamente isso. Mas também pode ser usada para o oposto, para acabar com as liberdades individuais se cair em mãos erradas — explico, deslizando meu polegar sobre o dorso de sua mão num carinho leve.

De repente, sua postura muda completamente, me desarmando. Ela fecha os olhos, morde o lábio inferior e se inclina para frente, escondendo o rosto no vão do meu pescoço, como alguém em busca de conforto. Por um instante, fico imóvel, sem saber como reagir e, instintivamente, acaricio seus cabelos e deposito um beijo suave em sua têmpora.

—Temos problemas, Sarah — ela diz de repente, a voz abafada contra o tecido da minha blusa—. Quando a notícia de que Theo Petersson usou nosso app para rastrear e matar aquela garota veio à tona, começamos a receber críticas pesadas. Alguns investidores chave nos abandonaram e vários bancos se recusaram a trabalhar conosco. As ações estão em queda livre, quase pela metade do valor que já tiveram. Estamos perdendo dinheiro e sem o apoio de novos investidores, não conseguiremos sobreviver — ela explica, com a cabeça apoiada em meu peito.

—E vocês querem vender a nova versão para compensar as perdas.

—Não sei. Ainda não decidimos. Uma ala do conselho está pressionando por isso. Poderíamos ganhar muito dinheiro, muito mais do que qualquer outro produto da empresa poderia render. Mas eu... — Ela hesita, seus olhos finalmente encontrando os meus, um lampejo de dúvida brilhando neles.

—Você lucraria bastante, mas à custa da alma da sua empresa.

—Eu sei — ela suspira, um suspiro pesado que parece carregar o peso de suas decisões futuras.

—Mas, Sarah, se você vazar essa informação agora, antes de o conselho decidir, será desastroso para nós. Não vamos conseguir fechar nenhum contrato com agências respeitáveis e só atrairemos o interesse de governos de moral duvidosa. E as nossas ações... elas despencariam. A empresa poderia colapsar.

—Isso sem mencionar a papelada com a SEC, o Departamento de Defesa e outros órgãos — acrescento, para reforçar a gravidade da situação.

—Você seria a primeira a saber da decisão do conselho. Assim que sair da reunião, eu te ligo. A exclusiva seria sua, qualquer que seja a decisão. Sarah, minha vida está nesta empresa.

Ela desvia o olhar e eu percebo uma umidade inesperada em seus olhos azuis, embora ela lute para conter as lágrimas. Um engolir de saliva precede suas próximas palavras.

—Não estou pedindo que não escreva a sua matéria. Apenas... poderia esperar alguns dias, até que o conselho decida?

Nossos olhares se encontram novamente e eu não consigo desviar meus olhos dos dela. Perdida naquela imensidão azul, eu a observo, procurando por qualquer indício de que essa repentina vulnerabilidade não seja genuína. Ela tem fama de ser insensível, uma verdadeira rainha de gelo, mas o fato de ela parecer incomodada por se sentir vulnerável na minha frente, sinaliza que é real. Ou talvez seja o que meu coração quer acreditar, porque, caramba, ela é irresistivelmente atraente.

—Tudo bem — concedo, estreitando os olhos e soltando um longo suspiro de resignação—. Mas não demore muito para decidir, por favor, porque meus editores estão no meu encalço.

—Muito obrigada — ela suspira e eu sinto seu corpo relaxar antes de seus lábios encontrarem os meus em um gesto suave.

Sua respiração acelera ligeiramente e seus olhos se fixam no meu colo. Antes mesmo que eu processe o movimento, ela se posiciona sobre as minhas pernas e minhas mãos involuntariamente apertam suas coxas, puxando-a para mais perto.

—Hailey —sussurro, sentindo minha garganta apertar—. Acho que eu deveria ir para casa.

—Tem certeza?

—É o melhor a fazer — admito, erguendo as sobrancelhas enquanto uma pitada de pesar se mistura à minha decisão.

Ela se levanta e, sem esperar por mais palavras, eu me apresso em vestir a blusa e saio correndo de seu escritório. Assim que meus pés encontram o concreto da calçada em frente ao prédio dela, inspiro profundamente e levanto os olhos para o céu noturno.

—Que puta bagunça! — murmuro, sentindo o gosto amargo da frustração entre meus dentes cerrados.

Sou uma idiota, porra. Não posso me deixar levar por uma mulher sobre a qual estou escrevendo um artigo.

Não qualquer artigo, mas "o" artigo, aquele que poderia estampar meu nome na capa do jornal. O que me daria o reconhecimento na minha carreira.

O que eu deveria estar fazendo é rascunhando uma matéria explosiva, expondo sua tecnologia e o perigo que ela representa para as liberdades individuais. Em vez disso, estou aqui, enredada em um sério conflito de interesses, violando cada código de ética jornalística, só porque... porque me derreto toda vez que a vejo.

Sou uma profissional, caramba, não uma adolescente com hormônios à flor da pele. Isso tudo é uma merda.

Capítulo 9

Hailey

—Você está brincando com fogo — Karen repete pela sexta vez nesta manhã.

Solto um bufado sonoro, minha única réplica, enquanto desabo na cadeira de couro do meu escritório, a visita de Sarah no dia anterior ainda queimando em minha mente. Não é apenas uma lembrança, é uma obsessão; não consigo tirá-la da cabeça. Cada vez que olho para minha mesa, a vejo ali, nua, pernas entrelaçadas, minha boca explorando sua intimidade.

A possibilidade de nossa nova tecnologia ser exposta, e sua venda para agências e governos se tornar pública, é um risco iminente. Se descobrirem meu envolvimento com a jornalista que está por trás da investigação, serei arrastada até a forca sem escrúpulos.

—Está tudo sob controle, Karen — digo, tentando manter a voz firme e profissional.

—Posso te fazer uma pergunta?

—Claro que pode.

—Algo pessoal?

—Pode perguntar, droga.

—Você está com ela só para evitar que o artigo seja publicado? — ela questiona, olhar sério cravado em mim.

—Você está falando sério?

—Você sabe o quanto te estimo, estamos juntas desde que você era uma novata saída da universidade. Ainda vejo aquela jovem brilhante com um futuro promissor e um desejo insaciável de conquistar o mundo. Você alcançou esse futuro brilhante aos trinta e cinco anos, mas o desejo de conquistar o mundo ainda está aí... e o mundo é grande demais para ser conquistado de uma só vez.

Faço uma pausa longa onde nossos olhares se encontram. Karen me observa, desafiadora, braços cruzados, aguardando minha resposta.

—E então?

—Não — suspiro profundamente.

—Hailey Parker, você está realmente se apaixonando pela mulher que pode destruir sua empresa?

—Ela não vai destruir nada — asseguro-lhe, com mais esperança do que convicção.

—Vai destruir vocês duas, o que é muito pior. Se isso vier à tona, há duas possibilidades. As pessoas podem pensar que você está manipulando-a para que não publique o artigo, ou que ela está manipulando você em troca de silêncio por sexo.

—Ou as duas coisas — acrescento, meu coração pesando com a possibilidade.

—Isso não tem graça nenhuma, Hailey, porque se isso explodir, vamos todos nos sujar de lama e eu já estou velha demais para procurar outro emprego — Karen reclama, revirando os olhos com exasperação.

—Para ser honesta, não posso garantir cem por cento que ela não vá publicar o artigo antes que o conselho decida algo. Mas você conhece a minha história, sabe por tudo o que lutei para chegar até aqui. Não vou deixar uma jornalista estragar tudo, entendeu?

Karen assente e, pelo menos nesse momento fugaz, sinto a veracidade em minhas palavras vibrando no ar. Ignoro o frio da incerteza que se instala em meu estômago ao pensar em Sarah revelando nossos segredos, mas eu não me renderia sem lutar.

Se Sarah levar adiante a publicação daquela matéria, seria um golpe tanto para ela quanto para mim. Ela nunca mais seria confiável para uma entrevista de prestígio. Poderia até perder o emprego, afinal, o público questionaria até onde ela e seu jornal iriam por uma boa história.

Quanto a mim, seria rotulada como uma femme fatale que manipulou uma pobre jornalista uma década mais nova para proteger a reputação da sua empresa. Uma reputação que, querendo ou não, está entrelaçada à minha própria. Provavelmente teria que renunciar, ou assistir a empresa afundar. Seriam necessárias muitas explicações. E, após a poeira baixar, talvez só restassem clientes de reputação duvidosa, mesmo que seguíssemos adiante com a venda do novo app.

Droga, eu vim do nada, do sistema de lares adotivos. Lutei para ser a melhor em tudo que fiz. Consegui entrar na universidade com uma bolsa esportiva e notas impecáveis. Desenvolvi a primeira versão do app roubando horas de sono. Aguentar incontáveis idiotas abastados, implorando por seus financiamentos para a empresa. Agora que a tenho, não vou abrir mão dela. Ela é minha prioridade máxima, acima de tudo. E isso nunca vai mudar.

Capítulo 10

Sarah

Meu pé tamborila no piso, um reflexo da impaciência que me consome enquanto espero pela última página do artigo ser impressa. Solto um suspiro, quase um alívio, quando ela escorrega suavemente para a bandeja da impressora. Lanço um olhar furtivo ao redor, certificando-me da solidão, antes de acomodar a folha ao lado das outras dez.

— É um hábito do qual não consigo me desvencilhar — murmuro para mim mesma, antecipando a repreensão dos colegas. Eles não se cansam de dizer que não é necessário imprimir para revisar, que eu desperdiço papel e energia. Estou ciente de que não contribuo para a preservação do meio ambiente, mas não consigo evitar.

Há algo no tato do papel, na forma como posso marcar cada linha e palavra, que me conecta intimamente ao que escrevo. É a tangibilidade que transforma a história de meras palavras numa tela para algo pulsante e real.

Reassumo meu lugar à mesa, virando as páginas devagar, cada toque um lembrete do doce fardo dessa criação. Dediquei horas infindáveis à pesquisa, mergulhando nos meandros do assassinato de Lea Baillee, validando dados com Ken'ichi Hiramatsu, conversando com a própria Hailey sobre sua inovação.

Não é só um artigo sobre um app de rastreamento que permitiu um crime atroz. É um alerta sobre o potencial dessa tecnologia para monitorar pessoas, para erigir um estado totalitário onde as liberdades são dilaceradas.

— Dá calafrios — confesso em voz alta, lembrando a entrevista com Hiramatsu. Ele delineou com clareza assustadora como, sob certas condições, a invenção poderia violar princípios constitucionais, sem falar nos perigos de cair em mãos erradas. Um cenário próprio de uma ficção distópica.

Quanto mais releio, mais orgulho sinto. Anseio por manter os pés no chão, mas uma parte de mim sabe que o artigo não merece apenas a capa; talvez também um prêmio. Um sorriso escapa, e balanço a cabeça, tentando afastar a ideia. Não quero alimentar esperanças para depois enfrentar a decepção, especialmente porque este é o meu primeiro artigo de investigação assinado.

— Mas é um trabalho do qual me orgulho profundamente — admito ao silêncio do escritório.

As perguntas que levantei, algumas respondidas, outras deixadas para que o leitor as explore, devem incitar dúvidas e reflexões sobre os limites da tecnologia. Até que ponto estamos dispostos a sacrificar nossos direitos e liberdades por um vislumbre de segurança?

Publicar isso seria um marco na minha carreira, um lançamento ao reconhecimento com apenas vinte e cinco anos.

— Mas eu prometi esperar, Hailey — sussurro para as paredes, o conflito me corroendo. Sob condições normais, eu não hesitaria. Apesar das intenções nobres por trás da tecnologia de Apurva, não se pode ignorar os perigos que ela apresenta.

Claro, eles já sabem e, mesmo assim, a junta diretiva vai debater se a oferta ao maior lance é o caminho a seguir. Quem pode dizer em que mãos isso vai parar? Quantas vidas poderão ser manipuladas se for parar sob o controle de um regime autoritário?

Quero crer que Hailey vai lutar contra isso. Ela desenvolveu um aplicativo pensando na segurança das mulheres e, mais tarde, ergueu um negócio lucrativo com essa tecnologia. Ela se esforçou demais, e quero acreditar que realmente se importa com as pessoas. Não está atrás apenas do dinheiro.

Não queria estar na pele dela quando enfrentar a junta diretiva. Ela comanda uma empresa de sucesso e precisa fazer o que for necessário para mantê-la no topo. Se não se importasse, já teriam fechado a venda da inteligência artificial, ela teria vendido suas ações e estaria vivendo no luxo em algum paraíso, com muitos mais milhões do que já possui. Mas sua empresa é sua vida e, no fundo, sei que isso a destruiria.

— Alguma novidade?

Aperto o documento sob minha pilha de pastas ao ver meu editor se aproximar. Ele puxa uma cadeira e se senta ao meu lado, perto o suficiente para manter nossa conversa privada.

— Como vai a matéria? Já terminou? — ele indaga, espiando-me por cima dos óculos.

— Ainda preciso verificar alguns dados — respondo, tentando manter a calma para que minha voz não trema, embora não tenha certeza se consigo. — Não queremos publicar um artigo com informações falsas e terminar com um processo judicial, né? — acrescento, dando de ombros.

Não estou exatamente mentindo, é verdade que gostaria de checar alguns pontos e revisar mais a fundo.

Mas também não estou sendo completamente honesta; a história poderia ser publicada como está, só que não quero fazer isso. Eu prometi a Hailey.

Por que estou arriscando minha carreira por uma mulher que mal conheço? Nossa relação foi praticamente baseada em encontros casuais. Nem eu mesma sei responder.

— Só queria te dizer que essa história tem potencial para ser gigantesca. É o que os leitores querem, uma empresária arrogante e bem-sucedida caindo em desgraça por buscar mais milhões às custas da liberdade dos cidadãos. Tem tudo para ser um sucesso. Se atender às expectativas, seu emprego no jornal estará mais do que garantido — ele diz, colocando a mão sobre meu ombro e apertando suavemente.

Ele se levanta da cadeira para voltar ao seu escritório, oferecendo-me um sorriso que reflito quase por obrigação, torcendo para que ele não perceba o manto fino da mentira em meu olhar. Espero, ao menos, que atribua minha falta de entusiasmo às borboletas no estômago que um artigo de tal impacto costuma causar.

É engraçado como a vida gosta de dançar ao seu próprio ritmo. Se eu não tivesse seguido Hailey até aquele café, se não tivesse me envolvido com ela, se tivesse falado diretamente com Ken'ichi Hiramatsu, agora tudo estaria diferente.

No entanto, há uma verdade que me prende — não desejo esse outro caminho. Talvez Hailey e eu não tenhamos um futuro, talvez o nosso se limite a mais algumas noites de paixão efêmera e adeus sem olhares para trás, mas quero acreditar que me sinto grata por ter cruzado seu caminho.

Capítulo 11

Hailey

A luz suave das lanternas de papel banha o restaurante em uma sombra quente sobre a mesa de madeira escura. Fico hipnotizada pelos faróis que dançam em vermelho e dourado enquanto me acomodo no chão, sobre um fino coxim de seda bordada. O tempo parece desacelerar no reservado que solicitei, esperando por Sarah.

Quando a porta se abre, o burburinho da cidade de Nova York invade brevemente nosso refúgio de serenidade. Droga, ela é deslumbrante. Ao me ver, seu sorriso acende o espaço, um brilho que parece nascer ali mesmo.

— Vou ter que jantar no chão? — ela pergunta, arqueando as sobrancelhas e acenando para a ausência de cadeiras.

— É muito mais confortável do que parece, pode acreditar. Além disso, faz bem para a saúde, mais do que sentar em uma cadeira.

— Você está brincando comigo, né?

— De jeito nenhum. Você faz yoga?

— Me acha com cara de quem faz yoga?

— Não sabia que tinha uma 'cara' específica para quem faz yoga — respondo, confusa.

— Sou um desastre para yoga — ela admite com um sorriso, assinalando seu próprio corpo de forma divertida.

— Se você se sentar de pernas cruzadas, pode tentar a posição de sukhasana, que melhora a circulação e ajuda na digestão — explico, mostrando-lhe como me acomodei no coxim.

— Às vezes esqueço que você foi uma aluna exemplar.

— Você pesquisou sobre minha vida acadêmica? — pergunto, surpresa.

— Sou jornalista, é o que faço.

— Então, não devo ter muitos segredos para você — sussurro, pegando sua mão.

E ao sentir o toque de sua pele na minha, um formigamento percorre meu ventre. Nunca senti algo assim com outra mulher, e começo a me preocupar se isso é bom ou se aponta para uma distração perigosa. Parece haver um laço invisível entre nós, que se fortalece a cada risada ou troca de olhares.

— *Dōmo arigatō* — agradeço quando a garçonete nos traz os menus.

— Nos dois anos que você viveu no Japão, conseguiu aprender japonês? — pergunta Sarah, sem desviar o olhar do cardápio.

— Me viro bem, mas não sou fluente. Ainda assim, acho que posso dizer que falo japonês — admito, encolhendo os ombros.

— Então, acho que vou deixar você escolher — diz Sarah, levantando minha mão para beijar meus nós dos dedos.

— *Omakase ryoori* — digo à garçonete, entregando de volta os menus.

— O que você pediu? — Sarah sussurra, aproximando-se.

— Pedi que o chef escolha por nós. É uma tradição por aqui. E como venho muito a este restaurante, eles vão cuidar bem de nós, pode confiar — asseguro a ela.

Sarah sorri, despertando aquela sensação elétrica que se espalha por mim cada vez que seus lábios revelam os covinhas. Enquanto aguardamos o jantar, me perco nos detalhes do ambiente: a textura do tatami sob nossos pés, a cerâmica artesanal sobre a mesa, a caligrafia fluida que adorna as paredes. Comer aqui é um investimento e tanto, mas cada centavo se justifica pela experiência.

—Minhas pernas estão me matando e nem começamos a comer — reclama Sarah.

—Estique-as — sugiro.

Logo, sinto seu pé descalço, sutilmente, roçando o meu sob a mesa.

—Abre um pouco as pernas — ela sussurra.

—Você está louca.

—Faz isso. Estamos em um reservado, ninguém vai ver — insiste ela.

Cedo ao seu pedido e meu coração dispara ao sentir o contato ousado de seu dedão.

—Sarah, para com isso — peço, tentando manter a calma.

—Admite que está gostando.

—Claro que estou, mas não aqui — resmungo, ainda acariciando seu pé e me esfregando nele com discrição.

Por sorte, a garçonete surge com uma bandeja de nigiris sobre uma folha de bambu, poupando-me de um clímax público.

—Nunca te vi tão vermelha — comenta Sarah, maliciosa.

—Vou te matar, isso não se faz em público.

—Você deveria relaxar mais. Lembra da época da faculdade? Deixa acontecer.

—Nem na faculdade eu me deixava levar tanto assim. Tinha uma bolsa para manter — digo a ela.

—Ainda corre?

—Não.

—Deve ser incrível estar a ponto de ir para as Olimpíadas, né? — pergunta, erguendo as sobrancelhas.

—Não cheguei a ir, o que é o que realmente conta. O atletismo pagou minha faculdade, sou grata por isso, mas o esporte de alto rendimento só deixa cicatrizes. E não são físicas, são mentais. Às vezes, questiono se valeu a pena — confesso, com a lembrança amarga de cada treino e decepção em competições.

—Então não vamos falar mais nisso — diz ela, erguendo as mãos em rendição, antes de pegar os hashis.

—*Itadakimasu.*

—O que disse agora?

—É como um agradecimento pela refeição. Diz-se antes de começar a comer — explico. — E, por favor, não misture o wasabi com a soja. Além de perder os sabores, no Japão, é considerado de mau gosto.

— Vai me deixar saborear a comida ou o que? Caramba, você parece a Wikipedia — Sarah reclama, levando a mão à testa e balançando a cabeça em negação, mas com um sorriso debochado nos lábios —. É brincadeira, não fica brava — ela acrescenta ao perceber minha expressão séria.

— Com aquilo que você falava antes, sobre se deixar levar e fazer loucuras de vez em quando... na verdade, eu te invejo. Eu posso parecer super decidida, mas no fundo, sempre fiz o que esperavam de mim.

— Como assim? — ela indaga, enquanto aconchega mais um pedaço da iguaria entre os lábios.

— Sempre busquei ser a número um. Em tudo; nos esportes e nos estudos — explico, e um suspiro leve e resignado escapa de mim.

— Olha só aonde você chegou, não pode reclamar.

— Mas eu perdi muitas coisas — tenho que admitir.

— Tipo nadar nua numa praia? Transar no banheiro de um restaurante? Essas coisas? — ela brinca.

— É, essas coisas — repito, minha voz quase um sussurro agora.

— Caramba, como isso é bom! — ela exclama de repente —. O que é isso?

— Sashimi de toro. É um corte especial da barriga do atum, com uma marmorização de gordura perfeita. Imagina a gordura entremeada num bom presunto ibérico, mas em atum — explico.

— Nossa, derrete na boca. É incrível. Acho que vou me acostumar a jantar contigo — ela diz, piscando um olho travesso.

— Adoro ver como você aprecia a comida.

— É que eu não estou tão acostumada com essas coisas quanto você, imagino — ela diz em tom de brincadeira —. Mas de qualquer forma, gosto de encontrar beleza em cada detalhe, e comida não é exceção. Na verdade, o que eu realmente amo é arte. Quando era pequena, queria ser escritora e pintora. Ser jornalista é o mais perto que vou chegar de escrever.

— Nunca se sabe. E quanto à beleza... acho que estou vendo ela bem na minha frente.

— Você é péssima em cantadas — ela brinca, engasgando-se com o gole d'água.

Caímos num silêncio confortável, nossos dedos se entrelaçam sobre a mesa e me perco no mar de seus olhos, quando de repente, eles brilham e aquele sorriso que está se tornando minha ruína volta a adornar seus lábios.

— Levanta, vamos ao banheiro — ela sugere.

— Fica lá no fundo, à direita.

— Ai, ai... Você é um pouco lenta. Não é para fazer xixi, vou te pegar — ela sussurra, e eu sinto o calor subir até as pontas das minhas orelhas.

Com as pernas tremendo, eu a sigo até o banheiro como se fosse uma adolescente prestes a receber seu primeiro beijo.

— Nossa, como é bom entrar em um banheiro de restaurante chique. Tudo tão limpo, se soubesse os lugares onde já estive...

Antes que eu consiga articular qualquer resposta, Sarah me puxa para dentro de um dos cubículos e me pressiona contra a parede, fechando a porta atrás de nós. O corpo dela esfrega no meu, procurando minha boca com uma urgência febril, sua respiração ofegante. Eu tento murmurar um protesto, mas logo me vejo colada ao seu pescoço, inalando o perfume do seu shampoo enquanto ela deposita beijos ardentes no meu. A ponta da língua dela percorre a linha da minha jugular, provocando arrepios de puro desejo.

Suas mãos desabotoam meu cinto com pressa, abaixando minhas calças e minha roupa íntima até os joelhos num movimento brusco. Tomada por uma excitação avassaladora, só me resta gemer baixinho e agarrar suas coxas firmes.

Ela morde suavemente o lóbulo da minha orelha e desliza a ponta dos dedos pela minha intimidade. Eu tento, em vão, concentrar-me nos seus suspiros entrecortados e em qualquer ruído externo que denuncie a chegada de alguém ao banheiro.

Luto para não soltar nenhum grito, mas ela está me deixando louca.

— Para, por favor. Alguém pode vir — sussurro, sem convicção.

— Então fica quieta. Isso não faz parte do nosso jantar romântico, é só uma rapidinha até você gozar e a gente sair daqui — ela murmura em meu ouvido, provocando um arrepio que se espalha por toda a minha nuca.

Já não consigo pensar. Toda a minha atenção se volta para os dedos dela deslizando entre meus lábios, sua língua em meu pescoço, seu cheiro. E o pior é que já nem me importo se alguém entrar, ao ponto de Sarah colocar sua mão sobre minha boca para abafar meus gemidos.

A cada movimento dos seus dedos dentro de mim, a palma da mão dela roça meu clitóris, me fazendo tremer de prazer.

— Vira — ela ordena.

— Você é louca.

Mas eu obedeço imediatamente. Há algo na autoridade dessa mulher que incendeia cada fibra do meu ser. Apoio as mãos na parede gelada do banheiro, afastando as pernas tanto quanto minhas calças permitem, e sinto um leve tapa em meu traseiro.

— Está excitada?

— Muito.

— Está gostando?

Antes que eu possa responder, seus dedos me invadem novamente, pressionando para baixo enquanto um orgasmo começa a se formar dentro de mim. Mordo meu lábio inferior com força para não gritar, mesmo assim, um gemido escapa, um som que espero não atravessar as paredes do cubículo.

— Boa menina — ela sussurra no meu ouvido antes de depositar um beijo em meu pescoço.

Sem mais palavras, ela pega papel higiênico e cuidadosamente limpa a evidência da nossa loucura, antes de puxar minhas calças para cima e abotoá-las meticulosamente.

— Acho que está na hora de voltarmos. Sorte sua que foi rápido — ela suspira, traçando o contorno dos meus lábios com a ponta dos dedos.

Fico sem reação, apenas observo enquanto ela lava as mãos e a sigo até nossa mesa, envolta em um silêncio que carrega mais significados do que palavras poderiam expressar. Ela exerce um magnetismo estranho sobre mim. Um magnetismo que me surpreende e me encanta simultaneamente.

Ao chegarmos à mesa, um sorvete de yuzu repousa sobre ela, seu sabor cítrico e doce rivaliza em paixão com o ato que acabamos de consumar. Mas honestamente, qualquer prato que me servissem seria indiferente agora. Minha mente está consumida pelas lembranças dos dedos de Sarah explorando meu ser, seus sussurros ofegantes ainda ressoam em meus ouvidos.

Capítulo 12

Sarah

A primeira luz da manhã se infiltra pelas frestas das persianas. Acordo em um lugar que não é meu lar, enquanto o lençol desliza suavemente sobre minha pele nua ao me espreguiçar.

Hailey dorme ao meu lado, sua respiração é um ritmo pacífico e sereno. Seus cabelos loiros e sua pele alva contrastam com o escuro da almofada, e eu não resisto a percorrer sua face com a ponta dos dedos. Seus olhos se abrem lentamente, e um sorriso preguiçoso se desenha em seus lábios.

— Bom dia, linda — ela murmura, a voz rouca de sono.

— Bom dia, dorminhoca — respondo, me inclinando para beijar sua testa.

O quarto é quase tão grande quanto o meu apartamento, decorado com um requinte que me escapa. Nas paredes, quadros abstratos que certamente custam mais do que ganho em anos.

— Está com fome?

— Essa pergunta é ambígua? — brinco.

— Você é louca, vai acabar comigo. Acho que não vou conseguir andar por dias. Mas falando sério, aos sábados eles deixam na cozinha uma bandeja com croissants e essas coisas. Tudo fresquinho, da padaria da esquina — ela diz, apontando casualmente para a rua.

— Deve ser incrível acordar de manhã e ver o Central Park pela janela, né?

— Por que você não fica uns dias e descobre por si mesma? — ela propõe.

— É tentador, mas não está indo rápido demais?

— Desculpe, não sou experiente em relacionamentos. Não quis te assustar — ela diz, erguendo as mãos em uma rendição cômica.

— Nós estamos em um relacionamento? — brinco, arqueando as sobrancelhas.

— Droga, melhor eu parar de falar — ela suspira, escondendo o rosto entre as mãos.

— Vem cá, boba — sussurro, me sentando ao lado dela e passando um braço ao redor de seus ombros para trazê-la para perto de mim. — Estou muito bem ao seu lado e é adorável que você pense que estamos em um relacionamento. Vamos nos conhecer aos poucos, tá bom? E agora, onde está esse café da manhã que você mencionou?

Hailey está se revelando muito diferente da imagem que construíram dela na mídia. Não sei se é um ato calculado, um mecanismo de defesa para se mostrar mais durona, ou se a imprensa simplesmente interpretou mal suas palavras e seu jeito de ser.

Ela tem um jeito engraçado, uma sagacidade que desarma. É do tipo que realmente presta atenção quando você fala, que se importa de verdade com o que você pensa, capaz de se colocar no seu lugar e sentir o que você sente.

Diferente da imagem que a mídia pinta dela, a rainha de gelo, a CEO impiedosa e calculista. Ao meu lado, ela se mostra doce, ardente, incrivelmente afetuosa e, ouso dizer, às vezes até se deixa ser vulnerável. Acredito que, lá no fundo, ela é uma pessoa do bem.

Acordando ao seu lado esta manhã, enquanto a observava em seu sono tranquilo, tomei a decisão. Não vou entregar a matéria para o jornal. Hailey é contra a venda da nova app, a não ser que seja para agências ou entidades de segurança minuciosamente selecionadas, aquelas em que confia para não usar a tecnologia e invadir a privacidade alheia.

Espero que a visão dela prevaleça na reunião do conselho. De qualquer forma, a empresa dela não merece ser destruída, e ela não merece ter sua reputação atacada pela imprensa. Agora, sem sombra de dúvida, falarei com meu editor que não consegui confirmar todos os dados e que desisti da história para evitar uma ação judicial.

— Tem certeza de que precisa ir? — ela pergunta, saindo do banheiro, a toalha absorvendo as gotas d'água de seus cabelos.

— Preciso, vou visitar meu pai. Podemos nos ver amanhã, se quiser — sugiro, lançando um olhar ao seu corpo nu e amaldiçoando o momento de partir.

— Sabe que eu quero — ela sussurra, aproximando-se para beijar meus lábios.

— Melhor eu ir — respiro fundo, colocando uma mão em seu peito para interromper seus carinhos. Sei exatamente onde isso vai acabar se eu não parar agora.

É sábado e a estrada até a casa do meu pai está quase vazia. Faço o percurso em pouco mais de trinta minutos, o que normalmente levaria pelo menos uma hora. Ao abrir a porta, vejo-o sentado no sofá, absorto em um jogo de tênis na televisão.

— Hoje não tem videogame?

— Não, tô muito cansado pra levantar daqui — ele reclama, soltando um longo suspiro de resignação.

Normalmente, nos sábados em que o visito, encontro-o em seu escritório, concentrado na última versão de algum simulador de voo. Ultimamente, até caminhar vinte metros até o outro lado da casa se tornou um esforço para ele.

Quando começou a se sentir cansado, não ligamos muito, ele sempre foi meio sedentário e nunca se alimentou direito. Mas logo ficou claro que aquela fraqueza nas pernas e mãos não era normal para um homem de cinquenta e quatro anos, e então, há seis meses, procuramos um médico.

Após uma série de exames, a ELA foi o veredicto, e nosso mundo desabou. Meu pai encarou a notícia com uma serenidade que me surpreendeu, enquanto eu, desmoronava, recebia uma pílula calmante das mãos de uma enfermeira. O médico desenhou um cenário incerto, com a doença progredindo de forma assimétrica e imprevisível — às vezes lenta com marés de calmaria, outras, avançando sem aviso.

Meu velho escolheu esta casa para recomeçar, após o divórcio da minha mãe. Eu era só um garoto de doze anos, vivendo em Orlando com ela, mas as visitas a Nova York, especialmente nos verões, marcaram minha rotina. A lembrança do terror que senti em meu primeiro voo solo, etiquetado como uma encomenda humana com destino e contatos pendurados no pescoço, ainda me assombra. Chorei até secar, mas cada viagem me endureceu um pouco mais.

— Alguma recomendação de série na Netflix? — ele dispara, quebrando o silêncio confortável. — Estou quase no fim da minha lista.

Televisão nunca foi meu refúgio, mas os sábados ao seu lado transformaram-se em maratonas de séries, dissecando cada episódio. Ele se delicia com cada trama, indiferente à qualidade, o que me arranca risos.

Há dias em que ele sucumbe ao sono no meio de uma cena, e eu me pego apenas observando-o. Ele aceitou sua condição com uma dignidade que me escapou nos primeiros meses, onde uma tristeza profunda corroeu meu último relacionamento e a ansiedade me mantinha refém. Agora, com Hailey, vislumbro a chance de um novo começo.

Estou aprendendo a aceitar, em silêncio, a realidade da doença do meu pai. Sua existência pode ser mais curta do que desejamos, e a ideia de testemunhar seu declínio é uma tortura. Meu pai, antes um colosso inabalável, agora se contorce nas garras da ELA com meros cinquenta e quatro anos. É uma visão que me fere, saber que só tende a piorar.

Minha mãe se foi num acidente, cinco anos atrás, perdida em meio a drogas e álcool. Suas escolhas a levaram por caminhos tortuosos, e por mais duro que soe, talvez tenha sido um fim misericordioso. Mesmo assim, a perspectiva de ficar órfão antes dos trinta é um peso que me sufoca.

Às sete da noite, quando Maria, a cuidadora noturna, chega, deposito um beijo em sua testa e despeço-me até o próximo sábado.

— Com licença, procuro por Abe Davis — a voz de um homem esguio e de meia-idade me surpreende, bem quando estou prestes a entrar no carro.

— Sou Sarah Davis, Abe Davis é meu pai — explico, a voz firme tentando esconder a inquietação. — O que deseja?

— Boa tarde — o homem se apresenta com uma voz calma que traz um ar de formalidade. — Me chamo Matt Johnson, coordenador de faturamento do Hospital Watson Memorial em Manhattan. Temos tentado contato com seu pai, mas sem retorno. Seu número aparece como emergência, porém, sempre desligado ou fora de área.

O estômago se aperta ao ouvir o nome do hospital, o mesmo onde meu pai é tratado. Para adicionar drama à cena, Jackie Stone, minha ex, iniciou seu residencial lá. A relação é cordial, mas cruzar com ela pelos corredores é um lembrete doloroso de um passado não tão distante. E quanto ao meu número, perdido na tempestade que esta doença trouxe à minha vida, esqueci-me de atualizar o cadastro com o novo.

— O médico prescreveu Riluzol, que exige controles frequentes — Matt continua. — Seu seguro cobre uma parte, mas chegou ao limite. Falaram com seu pai várias vezes, mas ele se recusa a pagar e até os insultou.

— Isso é a cara do meu pai — deixo escapar um suspiro, a mão automaticamente pressionando a testa. — Quanto devemos?

— Passa dos cinco mil dólares. — Ele estende uma pasta marrom, com os cantos já dobrados pelo uso.

— Existe algum plano de pagamento? — pergunto, o medo tingindo minha voz, consciente da nossa incapacidade financeira.

Ele balança a cabeça negativamente, o semblante pesado de quem detesta ser o mensageiro de más notícias.

— E o prazo para esse pagamento?

— Antes da próxima consulta que é... — Matt confere seus papéis e pausa, olhos percorrendo as linhas. — Daqui a três meses.

— Obrigada — é tudo que consigo dizer.

Encostada na porta do meu carro, observo-o se afastar, o crepúsculo desenhando sua silhueta contra o asfalto que logo o engole. Meu pai ainda luta com a hipoteca da casa, e o saldo do meu cartão de crédito se esvaiu com as contas do veterinário do seu cachorro. Minha renda é uma piada diante de um empréstimo. Há a esperança do prêmio pelo artigo, mas isso seria trair Hailey. Ou pedir emprestado a ela, mas a última coisa que quero é parecer interesseira. Que situação desgraçada!

Capítulo 13

Hailey

Minha atenção vagueia enquanto deslizo a mão pela mesa de mogno do escritório. Custou uma pequena fortuna, sim, mas cada centavo valeu a pena. A madeira lisa e polida reflete um brilho sutil sob o delicado clarão da lâmpada Tiffany.

Num sábado comum, nesta hora, estaria na companhia efêmera de alguém encontrado num app de relacionamento. Mas aqui estou, confinado ao escritório de casa, tecendo um email atrás do outro aos chefes de departamento, perscrutando os números que ditam o ritmo da empresa. Desde que Sarah entrou na minha vida, os apps perderam o sentido.

Uma brisa leve se infiltra pela janela semiaberta, fazendo ondular as cortinas de linho branco. Elas emolduram a paisagem noturna de Nova York, pontilhada por milhares de luzes neon. Lá fora, a sinfonia incessante de carros e sirenes. A cidade não conhece o silêncio.

Meus olhos percorrem as longas colunas de números, um balé mudo de débitos e créditos, percentuais e índices. Preciso que tudo esteja impecável para a reunião da diretoria na segunda-feira.

Rabisco as cifras-chave em um papel e o toque da caneta Montblanc, um presente de aniversário de Jules, traz uma saudade pungente. Era um presente de quando ainda estávamos juntas, reservada para momentos que exigem uma reverência especial. A ponta de ouro desliza no papel com uma suavidade quase terapêutica, estabelecendo uma conexão direta com o mundo tangível.

No canto do escritório, um minibar elegante se destaca, contrastando com a poltrona de couro marrom, cúmplice de infinitas horas de trabalho e introspecção. Ao meu lado, sobre a mesa, o copo de uísque exala um aroma forte e convidativo.

Estou prestes a digitar uma resposta para mais um email quando o som do celular quebra minha concentração. O nome de Jacob Harmon pisca na tela e sinto meu corpo se tensionar.

O velho investidor é o mais próximo que tive de uma figura paterna. A despeito da diferença de idades, foi também um dos amigos mais verdadeiros. Suas palavras sempre foram um farol de sabedoria em meio ao mar de desafios do mundo dos negócios.

Assim como essa caneta que está em minhas mãos, devo à Julia o fato de conhecer ele. Uma figura lendária entre os tubarões financeiros, Jacob é tanto temido quanto venerado por pares e rivais.

— Jacob, boa tarde — cumprimento.

— Hailey, sei que é sábado e quase dez da noite, mas precisava conversar. Espero não te atrapalhar em nenhum encontro — ele diz, e eu percebo o cansaço misturado à firmeza em sua voz.

— Imagina, estou aqui, na verdade, organizando os detalhes para a reunião de segunda-feira.

— É sobre isso que quero falar. Estive discutindo as possibilidades financeiras de avançar com a nova tecnologia. Conversei com meu círculo e estão prontos para investir quantias absurdas pelas ações. Pode confiar, a discrição deles é incontestável.

— Eu confio em você, Jacob. Sei que financeiramente é uma daquelas oportunidades raras, mas ainda assim, a questão ética me preocupa — respondo, soltando um suspiro longo.

— Hailey, estamos no negócio para fazer dinheiro — ele rebate.

— Não sei... Talvez tenha razão — digo, ainda não convencida, com os números dançando freneticamente em minha mente.

— Vamos fazer o seguinte. Amanhã à tarde tenho um evento no Madison Square Garden, uma premiação para aqueles que contribuíram para a melhoria da vida na cidade.

— E vão te dar um prêmio desses? — interrompo, com um esgar de ceticismo.

— Ah, sabe que eu só melhoro minha vida e a de uns poucos afortunados — ele brinca com uma risada rouca. — De qualquer forma, uma das minhas empresas patrocina o evento. Não é meu foco, mas preciso manter um bom relacionamento com o prefeito. Que tal nos encontrarmos lá e conversarmos num ambiente neutro? Leve alguém, uma daquelas modelos que você costuma desfilar, é sempre bom causar uma boa impressão.

— Agora estou em um relacionamento mais estável, Jacob — explico.

Seus comentários sobre mulheres sempre me incomodaram; cresceu em uma era com valores diferentes, mas ainda assim, é difícil aceitar. Para ele e alguns de seus colegas, ter uma bela mulher ao lado é um sinal de sucesso.

— Então traga ela. Será um prazer conhecê-la.

— E Jules, ela vai? — pergunto, por algum motivo que não entendo.

— Julia vai estar diretamente em Vermont para a reunião de segunda. Desde que comprou aquele pequeno hotel para a namorada, ela mudou... Amoleceu um pouco.

Prefiro não comentar. Sei que para Jacob isso foi uma decepção. Jules era sua protegida, a sucessora natural, e mudou desde que conheceu Kate. Continua uma profissional incrível, mas agora pensa nas pessoas afetadas quando seu fundo assume uma empresa em dificuldades. Para Jacob, isso é sinônimo de fraqueza.

— Tudo bem, estarei lá — asseguro com firmeza.

Desligo o telefone e, com dedos trêmulos, deslizo pela tela até o contato de Sarah. Uma onda de nervosismo inesperado me assalta ao digitar seu número.

— A que devo a honra desta ligação surpresa? — Ela atende com uma nota de zombaria na voz.

— Queria te fazer um convite.

— Estou ouvindo.

— Amanhã vou a um evento beneficente no Madison Square Garden. Topa ir comigo? — lanço a proposta, tentando conter a ansiedade.

— Parece algo chique demais para o meu gosto.

— O restaurante japonês também era e você adorou a comida.

— E os banheiros — ela solta uma risada, provocante. — Principalmente os banheiros. Se me prometer uma visita guiada, eu te acompanho. Seria incrível ter uma... aventura nos banheiros do Madison Square Garden.

— Caramba, você é doida — solto um suspiro exasperado, uma mão indo automaticamente à testa. — Acabou de me deixar nervosa, mas amanhã vai estar cheio de gente conhecida, não podemos pensar em fazer algo assim — murmuro, quase me desculpando.

— Você sabe que estou só brincando, né? Pode contar comigo para amanhã e obrigada por pensar em mim — ela responde, mandando um beijo pelo telefone que me faz arrepiar até a alma.

***

— Você está linda — exclamo, quando minha limusine para para buscar Sarah.

— Obrigada, é a única coisa que tenho para eventos assim — ela admite com um encolher de ombros relutante. — E não é por nada, mas eu adoro entrar neste carro, principalmente pelo champanhe de cortesia.

— Pronta para a noite? — pergunto, enquanto entramos no prédio.

— Com certeza — ela responde, animada, entrelaçando o braço no meu enquanto nos imergimos no santuário do entretenimento nova-iorquino.

O clima é envolvente. A luz cintilante das lâmpadas dança com as sombras dos presentes, todos trajados a rigor. O burburinho das conversas se entrelaça com o aroma sutil dos perfumes, enquanto garçons solenes oferecem canapés e drinques.

— Ali está Jacob, vem comigo — digo, inclinando a cabeça em direção aonde meu mentor está em conversa animada com algumas das maiores fortunas da cidade.

— Hailey! — ele me saúda, me envolvendo em um abraço caloroso. — E você deve ser Sarah, Hailey fala muito de você.

Sarah me olha com olhos arregalados. Na verdade, nunca falei dela até hoje, só mencionei seu nome e que estávamos começando algo que se parece com um relacionamento. Mas Jacob é um charmoso nato, especialmente quando vê uma mulher jovem.

— Como vocês se conheceram? — pergunta o velho investidor, achando divertidíssima a ideia de conhecer alguém por um aplicativo de encontros.

— Sarah é jornalista — respondo, e percebo uma mudança sutil em sua expressão, embora ela tente esconder.

— Vocês se encontraram para uma entrevista?

— Algo assim — respondo, enquanto Jacob inclina a cabeça, confuso. — Eu não tinha nenhuma intenção de dar uma entrevista, mas digamos que ela me seguiu até o café em frente à empresa. Naquele momento eu não sabia que ela era jornalista e uma coisa levou à outra, sabe como é — digo, com um encolher de ombros.

Sorrio para Sarah e ela assente com as bochechas cheias. Quase me engasgo para não rir.

— Mas ela sabia quem você era, certo? — Jacob pergunta, com um tom mais sério.

Sarah engole apressada e toma um gole generoso de seu vinho, quase como se desejasse que fosse vodca naquele instante.

— Sim — ela responde, acenando lentamente com a cabeça. — Quando a segui até o café, eu sabia exatamente quem era Hailey Parker — admite, com um encolher de ombros que pretende ser descontraído.

— Sanduíche de pastrami no pão de centeio — acrescento, e ela sorri.

Jacob franzir a testa, claramente insatisfeito, mas guarda seus pensamentos para si.

— Ela me disse que era jornalista quase imediatamente — continuo, antes de tomar um gole do meu whisky.

— Bem, contanto que tudo esteja claro entre vocês e que fique entendido que ela não usará essa proximidade para obter informações, está tudo bem — ele comenta, com um vestígio de sorriso. Às vezes, detesto o quanto ele pode ser enigmático.

Capítulo 14

Sarah

Assim que Hailey deixa seu copo de whisky vazio na bandeja prateada do garçom, ela murmura uma desculpa e se afasta, seus passos ecoando suavemente na direção do banheiro. Por um instante, brinco com a ideia de perguntar se ela precisa de companhia, mas sei que isso só a deixaria desconfortável — e não creio que o mentor dela apreciaria o humor.

Fico ali, então, encarando o homem que me examina com um olhar peculiar, pesando-me como se fosse capaz de decifrar os segredos da alma. Sua face é uma máscara de granito, indecifrável. Poderia estar me despindo com os olhos ou imaginando formas de me excluir da existência.

Ele lança um olhar furtivo na direção que Hailey tomou, e sinto o frio tocar minha espinha ao vê-lo se voltar para mim, o semblante endurecido suavizando-se.

— Você é a Sarah, não é? — Sua voz é um deslizar lento, como se medisse o impacto de cada sílaba.

— Sim, Sarah Davis — respondo com o sorriso mais caloroso que consigo forjar, enquanto o vinho rubro baila em minha taça.

— Posso ser franco com você?

As palavras me fazem temer pela conversa que se anuncia.

— Claro — digo, levando a taça aos lábios e prolongando o gole, imaginando se seria grosseiro esvaziá-la num só trago.

— Não gosto de você — ele dispara, com a mesma impassibilidade.

Quase engasgo com o vinho, mas o engulo a duras penas. Seria inapropriado cuspir no chão lustroso, sob os olhares da nata da sociedade.

Isso me dá alguns segundos preciosos para formular uma resposta.

— Essa foi uma dose de sinceridade e tanto — reconheço.

— Compreendo o que Hailey vê em você, basta olhar — diz ele, e sinto o peso de seu olhar avaliador —. Talvez você seja até mesmo agradável e inteligente.

— Não gosta de mim por ser jornalista.

— Veja só, você é esperta — ele comenta, um esboço de sorriso revelando uma fileira de dentes impecavelmente alinhados.

Seus olhos azuis cravam-se em mim com tal intensidade que parecem querer sondar minha alma. Apesar da idade, seu porte é nobre, e imagino que, em sua juventude, tenha sido um verdadeiro galã, ainda que agora demonstre traços de arrogância.

— O que mais me irrita é que você está usando o sexo para se aproximar dela — ele atira as palavras como se fossem dardos envenenados, me gelando por dentro.

Ele mantém a postura impecável, e qualquer um ao redor poderia jurar que está me elogiando, não lançando acusações tão pesadas.

— Eu nunca usei o sexo para me aproximar da Hailey — falo firme, embora minhas mãos tremam discretamente. — No início, quando tentei falar com ela, ela recusou categoricamente. Imagino que tenha aprendido essa desconfiança dos jornalistas com você — minha voz carrega um leve traço de desprezo, apesar de tentar me controlar.

— Uma vez, há muito tempo, quando eu era jovem e ingênuo, namorei uma jornalista. Era como você. Linda, astuta e inteligente. E também impiedosa na busca por uma boa história. Me fez acreditar que era especial para ela, que estava loucamente apaixonada. Caí como um tolo. Dormiu comigo por duas semanas até conseguir o que queria, e não se importou com as pessoas que poderiam perder o emprego, nem com o estrago que fez na empresa. Ou em mim. Desde então, aprendi a lição. Vocês não são confiáveis — ele conclui, com um estalido de língua.

— Senhor Harmon, eu jamais prejudicaria a Hailey e definitivamente não estou usando o sexo para obter informações. Aliás, me ofende muito que tenha dito isso. Não sei se o que temos vai dar em algo, mas eu gosto dela — digo, surpreendendo até a mim mesma ao ouvir as palavras saírem da minha boca.

— Sei, sei — ele sopra, desdenhoso, com um gesto de mão como se afastasse um inseto. — Foi o mesmo que aquela desgraçada disse há anos e quase arruinou minha carreira.

— Senhor Harmon, eu...

— Você nem imagina o quanto me custou reconstruir minha reputação depois daquilo. Não vou deixar que Hailey cometa o mesmo erro e espero que ela não tenha lhe dito nada importante. Ela sacrificou tudo pela empresa, incluindo sua vida amorosa. E agora, acha que encontrou alguém especial, mas é apenas uma manobra para arrancar informações. Vocês jornalistas não têm escrúpulos quando se trata de uma exclusiva que os coloque na primeira página.

Sinto um aperto no estômago, como se um soco me atingisse. Em circunstâncias normais, teria revidado com um tapa ou despejado o resto do vinho em sua camisa, mas não quero causar um escândalo em uma gala beneficente. Certamente acabaria passando a noite em uma cela e estaria desempregada pela manhã. Além disso, ele é o mentor da Hailey e um dos principais acionistas da empresa.

— Caramba, isso é inacreditável! — ouço atrás de nós.

Nos viramos, surpresos, para encontrar Hailey fulminante. Se olhares matassem, naquele instante, aquele homem estaria se contorcendo de dor no chão.

— Se bem me lembro, você já nos disse, a Jules e a mim, para nunca permitirmos que um homem nos desrespeitasse, e aí está você, praticamente chamando minha namorada de prostituta — ela late, elevando a voz muito mais do que seria apropriado para o local, capturando a atenção de vários grupos ao redor.

Mesmo assim, ouvir a palavra "namorada" saindo de seus lábios e vê-la se colocando contra seu mentor por minha causa faz com que, subitamente, minhas pernas tremam.

— Hailey...

— Não me interrompa, caramba! Eu não sou nenhuma criança, conquistei muito por conta própria. Saí do fundo do poço para chegar onde estou agora e não preciso que você me diga o que eu posso ou não fazer ou com quem posso me deitar.

O investidor mais velho abre a boca um par de vezes, mas opta por permanecer em silêncio.

— Vamos embora daqui, Sarah! — ela exclama, agarrando minha mão e me puxando para fora do prédio, o que agradeço do fundo do coração.

Capítulo 15

Hailey

No caminho de volta para casa, os únicos sons são os do trânsito frenético de Nova Iorque, com as buzinas dos carros e o uivo intermitente das sirenes. Dentro da limusina, o silêncio entre nós é arrepiante, apenas quebrado ocasionalmente pelo tilintar das taças no minibar.

Não consigo acreditar, droga. A raiva que sinto é tamanha que nem consigo articular meus pensamentos sem me perder em divagações, então prefiro permanecer em silêncio. Simplesmente me sento e encaro, feito boba, o vidro fumê à minha frente.

— Umm — rompe Sarah de repente, e minha tensão se esvai ao olhar em seus olhos. Ela parece um filhote assustado. — Sinto muito por ter sido a causa do conflito entre você e seu mentor. Especialmente na frente de uma reunião tão importante do conselho. Eu esperava que fosse uma noite maravilhosa, mas acho que estraguei tudo — diz ela com um suspiro frustrado.

— Não é culpa sua — asseguro-lhe. — Às vezes, Jacob pode ser um pouco paranoico, mas eu não esperava aquela reação. Fui eu que te convidei. Ele foi longe demais com aqueles comentários desagradáveis.

Sarah franzir a testa e esboça um sorriso forçado, mantendo-se em silêncio pelo resto da viagem até sua casa. Antes de sair da limusina, ela se vira para mim e coça a sobrancelha direita pensativamente antes de falar.

— Eu sei que você disse que não era minha culpa e tudo o mais, mas... bem, eu estava pensando se você gostaria de subir para tomar algo.

— Está tentando se redimir comigo? — brinco.

— Não queria ser tão direta, mas sim, essa é a intenção — admite com um encolher de ombros.

— Eu adoraria — sussurro, pegando sua mão e apertando-a com afeto.

Ela abre um portão verde que leva ao seu prédio enquanto indico ao meu motorista que volte pela manhã. Ao entrar em seu apartamento, sorrio ao notar a bagunça. Da última vez que estive aqui, tudo foi tão apressado, estava mais preocupada em sentir seus lábios em minha pele nua do que em prestar atenção aos detalhes.

— Como você sabe, é um pouco pequeno — ela se desculpa.

— É aconchegante — respondo.

— Aconchegante é um eufemismo para minúsculo. O apartamento inteiro é do tamanho do seu quarto — ela brinca, indo até a cozinha buscar uma garrafa de vinho e duas taças. — Espero que goste de um Merlot barato. Não é um daqueles Mega Sicília que você está acostumada.

— Vega Sicília — eu corrijo, fechando os olhos e balançando a cabeça, divertida.

— Bem, é isso. Não é um Vega Sicilia, mas é o que temos para hoje.

— Eu bebia muito disso na faculdade — confesso, deixando as lembranças daqueles anos acadêmicos me invadirem.

— Ah, e tenho um pote inteiro de sorvete Ben & Jerry's, ainda lacrado. Podemos dividir, se quiser.

— De chocolate fudge com brownie?

— Exato.

— Tira agora!

Num instante, estamos aconchegadas no sofá, suas pernas sobre as minhas, revezando colheradas do pote de sorvete. Cada encontro de olhares acelera meu coração, e sinto um formigamento delicioso invadir meu baixo ventre.

— Caramba, não me diga que esse sorvete não é incrivelmente bom — diz Sarah, erguendo os olhos e saboreando com êxtase.

— É sim.

— Agora é a parte em que você me diz que tem algum lugar na Bélgica ou Suíça que faz um sorvete melhor que custa mil dólares, certo?

— Se existe, desconheço. Esse é o meu favorito — admito, sem disfarçar o prazer.

— Sabe o que faria isso ficar ainda melhor? — questiona Sarah, recolhendo com a ponta do dedo um pouco de sorvete derretido e levando até meus lábios para que eu o prove.

— O quê?

— Saboreá-lo em você.

— Não seja vulgar! — brinco, levando a mão à testa e negando com a cabeça, divertida.

— Por quê?

— Duas coisas. Primeiro, não vou colocar algo tão gelado assim em mim, e segundo, ficaria toda melada, o que não me agrada. Não acredito que você quis dizer isso.

— Vai perder então! — ela sussurra, dando de ombros antes de levar mais sorvete até minha boca com o dedo.

E enquanto aniquilamos o pote de sorvete, simplesmente sentadas em um velho sofá de um apartamento minúsculo, compreendo a imensidão da minha felicidade nesse momento. Perdi tanto tempo na vida buscando excelência em tudo que fazia. No entanto, são esses pequenos prazeres, como dividir um sorvete com alguém por quem você está se apaixonando, que realmente preenchem a alma.

— Está vendo algo que goste? — pergunto, percebendo que Sarah me examina de cima a baixo, como se despisse cada parte de mim com o olhar.

— Tudo — ela suspira.

— Uau, você está... — brinco, revirando os olhos enquanto ela morde levemente o lábio inferior.

— E você?

Antes que eu tenha a chance de responder, Sarah toma minha mão e a guia até seu ventre, orientando meus dedos a percorrerem suavemente sua pele. Com um sorriso travesso nos lábios, ela leva minha mão para cima, desenhando o contorno de seus seios, e meu coração salta ao perceber que ela retirou o sutiã antes de se juntar a mim na sala.

Ela guia a ponta dos meus dedos aos seus mamilos, que se enrijecem ao toque, marcando-se sob o tecido da blusa. Sarah fecha os olhos e deixa escapar um gemido suave, desses que sabe que me derretem todas as vezes. Essa mulher tem o poder de atiçar meu desejo com a menor das provocações.

Ela se inclina para me beijar, aproximando-se devagar, recuando de maneira provocante quando nossos lábios quase se tocam, roçando-me com o nariz, atiçando-me com uma paixão desesperadora.

— Sente em minhas pernas! — ela ordena.

Me ajeito sobre suas coxas, procurando o contato dos meus seios com os dela, traçando seus lábios com a ponta da língua enquanto ela aperta minhas nádegas, dando-me um tapinha afetuoso.

— Caramba — sussurro.

— Eu vou te amar até você esquecer seu próprio nome — ela sussurra no meu ouvido, fazendo cada pelo da minha nuca se arrepiar.

Antes que eu perceba, seus dedos deslizam rapidamente pela cremalheira do meu vestido, que logo é seguido pelo gesto ágil de encontrar o fecho do meu sutiã que cai no chão enquanto sua língua percorre meus mamilos.

— Amanhã tenho uma reunião muito importante. Sem marcas em áreas visíveis, ok? — eu a lembro.

— Você vai mostrar os seios na reunião? — ela brinca, mordiscando suavemente perto da aréola.

Prefiro não responder e deslizo a blusa por seus ombros, expondo seus seios ao ar. O contato de seus mamilos firmes com os meus envia ondas de eletricidade através do meu corpo, culminando em um calor crescente entre minhas pernas.

— Vamos para a cama — ela sugere, com uma piscadela sedutora, antes de se livrar completamente do meu vestido, deixando-me apenas de calcinha.

Ao chegarmos, ela me empurra para trás até que minhas pernas batam na beirada do colchão e eu me deixo cair. Em pouco tempo, sinto sua mão entre minhas pernas, pressionando levemente meu clitóris antes de deslizar por baixo da minha lingerie e sentir minha umidade.

— Adoro quando você fica assim — ela confessa num sussurro, levando o dedo aos lábios para provar um gosto que só eu posso dar.

Ela desliza seus polegares sob o elástico da minha calcinha, abaixando-a lentamente até que sou desvestida de minhas últimas barreiras.

— Não é justo, você nem tirou as calças ainda — eu reclamo com uma ponta de desafio.

Mas as palavras logo se perdem, porque Sarah se posiciona entre minhas pernas e os murmúrios se transformam em gemidos quando sinto sua língua explorar intimamente minha essência.

— Caramba, você é incrível — confesso entre respirações ofegantes.

Ela ergue os olhos e me oferece um sorriso cúmplice antes de se entregar ao meu clitóris com uma habilidade que me deixa pasma. Sempre foi difícil para mim alcançar o ápice com outras, mas Sarah tem um jeito de me levar lá com uma facilidade que beira o inacreditável.

Eu grito quando sinto seus dedos invadirem-me, intensos e precisos. Coloca a outra mão sobre o meu púbis, num gesto que parece querer me apaziguar enquanto me penetra, curvando os dedos em um movimento que me arranca outro grito de puro prazer.

Agarro as cobertas com força, erguendo os quadris em busca de mais, enquanto Sarah abafa seus próprios gemidos contra o meu clitóris, fazendo meu corpo inteiro tremer. Logo, a tensão é insuportável; eu grito, solto um gemido dilacerante, jogo a cabeça para trás e me entrego ao colchão após um orgasmo avassalador que me rouba o fôlego.

— Céus! — eu exclamo, sentindo meu sexo pulsar ao redor de seus dedos com cada onda de prazer.

— Ainda não terminei com você — ela murmura, guiando seus dedos à minha boca para que eu os saboreie —. Você vai para a reunião completamente relaxada, garanto — diz em tom de brincadeira, depositando um beijo em minha testa.

E Sarah mantém sua palavra, porque logo em seguida, ela me conduz ao clímax mais uma vez. E, enquanto sinto que estou adormecendo em seu peito, com ela desembaraçando meu cabelo gentilmente e me cobrindo com o edredom, eu sei que, às vezes, a felicidade realmente reside nos detalhes mais sutis.

Capítulo 16

Sarah

Segundas-feiras têm seu próprio jeito peculiar de se anunciarem. Ainda enredada nos fios do sonho, sinto os primeiros raios de sol esgueirando-se pelas frestas das persianas, tingindo o quarto com tons que dançam do laranja ao dourado. Normalmente, xingaria a luz invadindo meu rosto, mas hoje é diferente. Hoje desperto com um sorriso nos lábios, e a razão é a mulher que respira serenamente ao meu lado.

Quando Hailey me convidou para a gala beneficente no Madison Square Garden, meu coração tropeçou em batimentos acelerados. Ela estava deslumbrante, descendo da limusine em seu vestido de gala e saltos altos, e eu tinha certeza de que a noite seria esplêndida. E foi, mas o súbito desdém de Jacob Harmon me pegou de surpresa.

Sei que a culpa não foi minha, e compreendo que a ética pode ser um conceito turvo para alguns colegas de profissão. Ainda assim, ver Hailey confrontar seu mentor para me defender trouxe um sabor agridoce ao meu coração. Senti-me culpada sem culpa, mas meu coração se derreteu ao vê-la ao meu lado naquela batalha.

O mais leve dos roncos de Hailey me faz sorrir. Respiro fundo, expirando devagar, saboreando a paz daquele instante. O silêncio é apenas quebrado pelo ritmo suave de sua respiração, uma canção de ninar que embala meus pensamentos.

Meus olhos percorrem seu corpo desnudo, apenas parcialmente velado por um lençol que se enrola preguiçosamente em sua cintura. Seus lábios ligeiramente entreabertos são a promessa de palavras ainda não ditas, e não posso evitar o pensamento de como ela pode vir a transformar minha vida daqui para frente.

O friccionar das cobertas me arranca dos devaneios, trazendo-me de volta à realidade enquanto observo Hailey começar a se mover, seus sonhos se esvaecendo como um traço de pincel fugaz.

— Bom dia, linda — sussurro, acariciando sua bochecha com a ponta dos dedos.

Um sorriso encantador se desenha em seu rosto ao mesmo tempo que ela abre os olhos, lentamente, vencendo a preguiça.

— Bom dia — ela responde, tomando minha mão para depositar um beijo suave.

— Dormiu bem?

— Como uma pedra. Acho que deveríamos repetir a dose da noite passada antes de dormir, sempre — ela brinca com um brilho travesso nos olhos.

— É só querer, apesar de eu duvidar que você se acostumaria com um apartamento tão pequeno e sem a vista para o Central Park.

Hailey fixa em mim aqueles olhos azuis cintilantes e sorri. Ela morde o lábio inferior e solta um suspiro demorado antes de voltar a falar.

— Normalmente, preciso de remédios para dormir. Mas esta noite dormi profundamente sem eles. Estou começando a acreditar que talvez a felicidade não resida na quantidade de coisas que possuímos ou no tamanho da nossa casa.

— Quem é você e o que fez com a Hailey? — murmuro, beijando sua testa com ternura.

— Sabe, tive um sonho muito estranho — ela admite, seus olhos dançando entre diversão e mistério. — Eu estava em uma floresta, nua. Mas não era uma floresta qualquer, as folhas das árvores eram de ouro e as flores pareciam cravadas de joias. Você... você era como a rainha daquele lugar e eu uma intrusa que tinha vindo para roubar. Mesmo assim, você me deixou ficar, disse que não se importava em perder as folhas douradas ou as jóias das flores, contanto que você me tivesse.

— Caramba — exclamo num suspiro.

— O que será que minha psicóloga vai dizer quando eu contar isso? Preciso anotar, embora duvide que vá esquecer — ela acrescenta, pensativa.

No momento exato em que estou prestes a responder, meu celular vibra com urgência. Ao ver quem é, faço um sinal para Hailey, indicando que volto num instante, e caminho para a cozinha, onde ela não pode ouvir.

— Como assim você me liga tão cedo? — reclamo ao atender.

— Bom dia pra você também — retruca meu editor-chefe.

— Só porque você não dorme, não significa que o resto de nós possa viver sem sono. Você sabe disso, né?

— Só queria te lembrar que preciso de informações sobre Hailey Parker e a empresa dela o quanto antes — ele dispara, sua voz tingida de uma gravidade que não costuma usar.

Um arrepio percorre minha espinha ao ouvir suas palavras. Instintivamente, olho na direção da porta da cozinha, verificando que Hailey não saiu do quarto, e respondo num sussurro.

— Me desculpe, não consegui avançar com nada. Acho que vamos ter que adiar o artigo — me desculpo, tentando manter um tom profissional.

Ouço um bufar do outro lado da linha, e uma tensão me envolve.

— Vou ser direto com você, Sarah. Você está na corda bamba para perder seu emprego. Vou manter apenas um estagiário, o resto será demitido. Acredito no seu potencial como jornalista, mas preciso que seja mais incisiva. E o que pode te salvar é terminar esse maldito artigo.

— Me dê só mais alguns dias — peço, buscando uma escapatória.

— Estou tentando salvar seu emprego, Sarah. Precisa entregar esse artigo ou vai ser passado na nossa redação. Garanto — ele diz e desliga.

Ao terminar a ligação, apoio-me na porta da cozinha, lutando para não desabar em lágrimas. Não posso perder esse emprego, não agora. Não com as despesas do tratamento do meu pai que o seguro não cobre. Mas também não posso trair Hailey. Preciso pensar em algo, ganhar tempo. Droga. A reunião do conselho é hoje à tarde. Talvez ela não se importe que eu apresente um artigo modificado com os acordos que fizerem. Podemos até escrevê-lo juntas para beneficiar a imagem da sua empresa.

— Tudo bem? — Hailey pergunta assim que retorno ao quarto.

— Tudo perfeito — minto, forçando um sorriso que duvido ter convencido até a mim mesma. — Preciso tomar um banho e ir trabalhar. Você deve ter os últimos detalhes da reunião para ver, não é? Jantamos juntas?

Não espero por sua resposta. Vou direto para o chuveiro e fico ali por um longo tempo, deixando a água cair sobre minhas costas em milhares de gotas, como pequenas agulhas, tentando lavar a angústia que me consome.

De volta ao quarto, ao me inclinar na mesinha de cabeceira para pegar meu celular, Hailey envolve meu corpo com seu braço e me puxa para a cama.

— Não vou deixar você ir sem antes ganhar um beijo — ela sussurra com um sorriso malicioso, acariciando meu cabelo.

Esboço um sorriso melancólico e me inclino para beijá-la, sentindo uma pontada de dor no coração. Eu estava decidida a não publicar aquele artigo, mas sei que posso não ter escolha se quiser manter meu emprego. Não posso me dar ao luxo de ser demitida.

— Eu te ligo à noite — digo, sem me atrever a olhá-la nos olhos antes de sair da casa.

Capítulo 17

Hailey

Assim que atinjo o quarto andar, onde meu escritório se aninha, Karen surge. Seus dedos se entrelaçam em um aperto de desespero. Seus lábios, antes plenos, agora são um fino traço de inquietação.

— O que houve? — indago, me aproximando enquanto meus saltos ecoam no piso recém encerado.

Karen solta um suspiro que, num átimo, transmuta minha euforia em apreensão. Deixei o apartamento de Sarah num êxtase tal que pairava como se estivesse suspensa nas nuvens. Até a reunião desta tarde com o conselho de administração parecia um murmúrio distante, apesar de sua crucialidade.

Sob circunstâncias usuais, estaria assoberbada. Um desejo irracional de impor minha voz na reunião me consumiria, talvez até culminando em um embate sério com algum membro do conselho. Teria gasto cada segundo do dia em alerta, repassando e verificando cada número que apresentaria, certificando-me de que tudo estivesse mais que perfeito.

Mas desde ontem, tudo está longe de ser usual. A felicidade de partilhar com ela um pote de sorvete de seis dólares em seu minúsculo apartamento me fez refletir sobre tantas coisas.

O que realmente me incomoda é Karen permanecer em silêncio. Conheço-a o bastante para saber que algo está errado.

— Jacob Harmon está no seu escritório e parece muito irritado — ela finalmente diz.

Sua voz é um sussurro, como se estivéssemos pisando em um assoalho de vidro que a qualquer sopro poderia estilhaçar.

— Jacob Harmon?

— Ele estava muito tenso e foi direto para o seu escritório. Não sabia o que fazer. Ele é o segundo maior acionista e sei o quanto você o estima. Desculpe.

— Não tem problema. Eu cuido disso. Obrigada, Karen — respondo, oferecendo-lhe um sorriso reconfortante, mas sem a menor vontade de encontrar Jacob agora.

Ao abrir a porta de vidro do escritório, não consigo evitar a tensão que se espalha por cada músculo ao ver Jacob Harmon, acomodado no sofá de couro preto. O mesmo sofá que, dias atrás, partilhei com Sarah em uma intimidade audaciosa.

A presença do investidor é avassaladora, como se sua energia preenchesse todos os cantos, tornando o espaço mais exíguo. Um sorriso irônico se desenha em seus lábios, e sei que ele está descontente.

— Hailey — ele estica meu nome como um felino que se espreguiça sobre sua manta predileta.

— Por que você veio tão cedo, Jacob? A reunião é só daqui a duas horas e eu estou realmente ocupada agora — digo com uma voz carregada de tensão, sentando-me na mesa do escritório na esperança de que ele capte a deixa para sair.

— Você não atendia minhas chamadas.

Meus dedos apertam-se contra a borda da mesa e o velho astuto sorri, ciente de que é uma das poucas pessoas no mundo que pode me intimidar.

— Você me conhece bem o suficiente para saber que se eu não respondi suas chamadas é porque ainda estou irritada. Agora, se você me der licença, preciso preparar a reunião do conselho, lembro que temos assuntos cruciais para discutir e eu não quero deixar pontas soltas.

Ele solta uma risada abafada e levanta-se com uma agilidade que não combina com sua idade. Neste momento, sei que o escritório se transformará num campo de batalha de xadrez e eu preciso estar atenta a cada palavra sua.

— Quero falar sobre o que aconteceu ontem no Madison Square Garden — começa ele, limpando a garganta como se tivesse engolido areia —. Aquela jornalista é perigosa, Hailey. Tenho certeza que ela se aproximou de você para conseguir informações.

— E você sabe disso... por quê?

— Porque te conheço desde que você era uma garota com um grande potencial saindo da faculdade e nunca te vi dessa maneira. Nem quando você estava com Julia.

— Não traga a Jules para esta conversa — interrompo, mais áspera do que pretendia.

— Você está caidinha por ela e isso é o mais perigoso que você pode fazer, especialmente com o trabalho dela. Continue saindo com modelos, Hailey. Use seu dinheiro para desfrutar da beleza das mulheres como eu fazia quando era mais jovem. Encontre garotas que não façam perguntas, que fiquem felizes com presentes caros e com serem vistas em restaurantes de luxo. Esqueça a jornalista. Em comparação com suas ex, não sei o que você viu nela — ele diz com um torcer de lábios desdenhoso.

— Ela é uma mulher inteligente, por exemplo? Ou talvez ela me entenda como ninguém antes. Que me apoia. Que tem um coração de ouro. Que é um anjo de pessoa. Não sei, Jacob, me ocorrem um milhão de razões.

— Hailey, sei que você é muito inteligente e tem um bom julgamento. Mesmo assim, até as pessoas mais cautelosas cometem erros. É fácil ter a visão turva quando hormônios entram em cena, todos nós passamos por isso e você não vai ser exceção. É por isso que estou preocupado. Não quero gerir sua empresa por você, não estou tentando questionar suas decisões, só quero protegê-la para que não cometa os mesmos erros que eu cometi quando era jovem.

Antes que eu possa responder, Karen irrompe no escritório, ofegante, seu rosto completamente transtornado, e ambos nos viramos surpresos.

— Acho que fomos hackeados ou algo do tipo — ela diz gaguejando —. Informações confidenciais sobre a nova tecnologia foram vazadas. Um jornal publicou online e está se espalhando rapidamente — ela adiciona, fazendo meu sangue gelar ao ouvir suas palavras.

— Merda! Que droga, caramba! — grito, dando um forte golpe na mesa que só serve para deixar minha mão dormente.

Não digo nada, mas tenho a horrível sensação de que isso está longe de ser um hackeamento. Metade dos nossos funcionários foram hackers e nossas medidas de segurança são superiores às de quase qualquer organização. O vazamento de informações confidenciais só pode ter vindo de uma fonte interna e a dor que sinto ao pensar em quem pode ser é pior do que se perfurassem meu coração com um milhão de adagas e o despedaçassem para sempre.

— Preciso cuidar disso, Jacob. Você precisa sair até a hora da reunião, as coisas vão ficar muito complicadas por aqui — rosnando as palavras.

— Não! — ele grita, saindo do escritório atrás de mim —. Vou ajudar.

Capítulo 18

Sarah

O ar na redação do jornal é pesado, como se uma cortina de fumaça invisível pesasse sobre meus ombros. Meu editor-chefe passou a manhã inteira trancado no escritório, com uma legião de pessoas entrando e saindo daquela maldita sala, incluindo algum grandalhão da cúpula e o departamento jurídico inteiro.

O aroma do café recém-preparado, o sétimo que tomo esta manhã, mistura-se com o cheiro sutil de tinta de impressora e papel, enquanto tento me camuflar no ambiente e passar despercebida. Todo esse burburinho só pode significar uma coisa: demissões.

As teclas dos computadores ecoam ao meu redor como se uma súbita febre de produtividade nos tivesse atingido, e meu coração martela descontrolado, tentando conter o ritmo da adrenalina que corre pelas minhas veias.

— Conseguiu terminar a matéria sobre aquela mulher? A daquele app para espionar as pessoas? — sussurra Claudia, disfarçando para não ser vista.

— Não, e não é um app para espionar as pessoas — respondo, abaixando o tom ao mínimo necessário para que ela me ouça.

— Tanto faz. De qualquer maneira, acho que estamos ferradas. Vamos ser as primeiras a ser mandadas embora. São uns machistas do caralho — ela acrescenta, erguendo o dedo do meio para o escritório do editor-chefe, mas certificando-se de que está oculta atrás da tela do computador.

— Davis! No meu escritório, agora! — ele brada, aproveitando a saída dos advogados do departamento jurídico.

— Sinto muito, que merda — suspira Claudia. — Foi bom te conhecer, a gente se fala, tá?

— Não conclua que vou ser demitida, sua idiota — reclamo.

Respiro fundo, engulo em seco e baixo a cabeça ao entrar. Meu coração palpita com força, uma dança frenética que apenas eu posso sentir. O editor-chefe me observa de sua poltrona de couro, tão antiga quanto ele. Os estagiários brincam que foi feita com a pele de algum dinossauro.

Seus olhos me examinam, disparando dardos invisíveis que se cravam em meu peito, e cada décimo de segundo de espera é asfixiante.

Ele faz um gesto para que eu me sente à sua frente e me deixo cair na cadeira, com as mãos suadas apoiadas no colo. Lá fora, as sirenes e buzinas do tráfego caótico de Nova York me lembram que o mundo continua girando, embora para mim pareça estar prestes a parar.

—Precisamos conversar — diz ele, com uma expressão impenetrável.

—Estou demitida, não é? — pergunto, com a voz trêmula.

—Por que diabos você mentiu para mim? — ele explode, fazendo meu traseiro saltar na cadeira.

—O quê?

—Não se faça de desentendida, porra! Responde! Por que diabos você mentiu? — ele pressiona.

—Eu não faço ideia do que você está falando — murmuro.

—A história da Hailey Parker e sua empresa. Você tinha terminado, até imprimiu. Caramba, se o inepto do

David não tivesse tropeçado na sua mesa e espalhado os papéis pelo chão, nunca teríamos descoberto.

—Eu...

As palavras se prendem na minha garganta, mas neste momento, eu desejaria estar morta. Lanço um olhar nervoso para o relógio, rezando com todo fervor para que a reunião do conselho tenha acabado, embora Hailey vá me matar quando publicarmos.

—Droga, o artigo está ótimo, Sarah. Você tem o dom para o jornalismo, eu sempre soube. Precisávamos pintar essa vadia sob uma luz muito mais sombria, porque pelo tom do seu artigo, parece que você se apaixonou por ela. Mesmo assim, muito bom. O trabalho investigativo sobre a nova tecnologia da empresa dela e as ofertas a ditaduras estrangeiras vai ser um estouro.

—Escuta, eu acho que seria melhor verificar...

—Não minimize o seu mérito! Já foi revisado pelo departamento jurídico do jornal. Vai dar uma confusão das grandes, pode apostar. Tivemos que checar tudo porque vamos precisar testemunhar perante a SEC e possivelmente o Departamento de Defesa e o FBI. Aquela vadia vai acabar na cadeia — ele diz, e sinto meu sangue gelar ao ouvir suas palavras.

—Seria melhor esperar...

—Esperar? Já está no ar na versão online do jornal. As ligações não param de chegar. Não se preocupe, adicionei seu nome ao meu. Vê todos esses prêmios jornalísticos? Pode acrescentar um Pulitzer, com um pouco de sorte. Você vai fazer história com apenas vinte e cinco anos, Davis! Caralho, que futuro!

—Do que você está falando? Por que publicou sem a minha permissão? — grito, levando minhas mãos trêmulas à cabeça, atordoada com a confusão em que acabei de colocar Hailey.

—A história está boa, Sarah. Se confirmarem que ela tentou vender a tecnologia para ditaduras estrangeiras e colocarem essa mulher na cadeia, você vai ficar famosa.

Mal consigo absorver o resto de suas palavras. Soam como um eco distante, ininteligível. Só consigo pensar na Hailey. A essa altura, ela já deve saber que o artigo foi publicado... com a minha assinatura. Eu destruí a vida dela. Por minha causa, ela perderá sua empresa, centenas serão demitidos, ela acabará na prisão. Tudo por causa de um maldito artigo que nunca deveria ter escrito. A vida dela se desmorona, e a minha... a minha já não vale a pena ser vivida.

Ela nunca me perdoará. Como poderia? Aniquilei tudo pelo que lutou com tanto afinco. Tudo o que ela valoriza mais do que a própria vida. Sou uma idiota, droga.

Suspiro fundo, tiro o celular do bolso e caminho para fora do escritório sob o olhar atônito do meu editor-chefe. Digito o nome de Hailey no Google e os primeiros resultados fazem meus dedos tremerem. Parece que o maldito país inteiro reverberou a notícia. É um escândalo. Um homem afirma que ela já está sendo investigada pela comissão de valores e pelo FBI. Outros vociferam que ela deve ir para a cadeia e apodrecer lá. Isso é um desastre colossal.

Tremendo, deslizo os dedos pela tela do celular e diso o número dela. O telefone toca, uma, duas, três, quatro vezes... e cai na caixa postal. Insisto, sufocando um grito de frustração enquanto tento mais uma vez. Na décima chamada, desisto. Sei que ela não vai atender. Nem agora, nem nunca.

—Merda! — grito, furiosa.

Claudia me observa, estupefata, sem ousar perguntar o que está acontecendo. Provavelmente ainda pensa que fui demitida. Meu editor-chefe continua parado na porta de seu escritório, esperando que eu retorne. Em vez disso, pego minhas coisas, derrubo todos os papéis da minha mesa com um gesto brusco, e saio da redação, decidida a nunca mais voltar.

Eu terminei com essa maldita empresa.

Capítulo 19

Hailey

Ao adentrar a sala de reuniões, os olhares dos membros do conselho de administração trespassam-me como flechas. A tensão permeia o ar, espessa ao ponto de quase materializar-se em um muro invisível. São investidores experientes, calejados por incontáveis embates, ainda assim, suas expressões traem uma inquietude palpável.

Engulo em seco e tomo assento na cabeceira da majestosa mesa de mogno.

—Queremos uma explicação, Hailey —Jae-Seong Cho demanda, cerrando os dentes com um fervor que quase pode ser ouvido.

O suor começa a brotar em minhas palmas. Disfarço, esfregando-as sutilmente na calça, enquanto procuro as palavras que possam aplacar a tempestade. Já comandei este conselho inúmeras vezes, encarei cada um deles de frente, mas algo sobre hoje é distinto, como se a sala de reuniões se transformasse em uma masmorra onde serei julgada por acreditar que meu amor com Sarah poderia florescer.

—Não sei como isso pôde acontecer. Reforçamos a segurança desde o início do projeto, mas preciso de um pouco mais de tempo para descobrir o que falhou. Se for minha culpa, assumirei —digo, sentindo uma pontada aguda no coração.

—Claramente, essas medidas de segurança foram insuficientes —retruca Amanda McGrath, representante de um fundo de investimento influente, cuja simpatia nunca consegui conquistar.

Exalo um suspiro leve, em uma tentativa de manter a serenidade. Na verdade, não há solução a ser encontrada nesta sala. O que eu preciso é estar lá fora, mitigando os estragos, não confinada aqui com essas pessoas. Sei que vieram de todos os cantos do país, alguns de além-mar, mas estamos em estado de emergência. Prosseguir com a reunião é inútil.

—Eu concordo com Hailey —Paul Chibudem interrompe, CEO de Chibudem Capital em Silicon Valley—. É altamente improvável que alguém tenha hackeado nosso sistema, os especialistas da minha empresa o avaliaram e ele é impenetrável. Deve ter sido um vazamento interno, embora eu não compreenda quem se beneficiaria com isso.

—Talvez algum desses hippies anarcocapitalistas que você contratou — Amanda McGrath lança o veneno com um esgar de desdém —. Eles não veem com bons olhos que possamos comercializar nossa tecnologia com as forças da ordem.

Murmúrios se espalham pela sala de reuniões, um tecido de assentimentos e sobrancelhas arqueadas em desacordo. Prendo a respiração, suspensa na expectativa. A resposta que me ronda o pensamento é quase certa, mas anseio por discuti-la olho no olho com Sarah.

—Pode ser que uma jornalista estava farejando por aí — Jacob solta a bomba e meu coração falha uma batida.

—Caramba, Jacob — resmungo em um bufo abafado.

—É a fonte mais provável de vazamento, Hailey, goste ou não. Isso é o que acontece ao se envolver com uma jornalista. Ela pode ter se aproximado de você para manipular, fazer você acreditar que estava apaixonada só para extrair informações. Aposto que você pensou que estava tendo uma conversa inocente com a mulher da sua vida enquanto entregava detalhes vitais sobre a empresa. A gente precisa pensar com a cabeça, não com... — ele diz, e preciso reunir toda a minha força para não deixar a ira transbordar.

—Jacob, esse comentário é desnecessário e ofensivo — Jules intervém, levantando-se com um rosto carregado de tensão.

—Bom, vamos nos acalmar, por favor. Discutir agora não nos levará a lugar algum. A prioridade é minimizar os danos. E Sarah não faria algo assim, disso tenho certeza.

—Eu não estaria tão certa se fosse você — rosnou o investidor mais velho —. Todos os indicativos apontam para o jornal da sua suposta namorada, e o artigo está na internet, assinado por ela e aquele editor arrogante. Vai ter que me explicar isso.

As expressões de espanto dos membros do conselho desenham um quadro digno de exposição. Olhares trocados, todos exceto Amanda McGrath, cujo olhar cravado em mim é coroado por um sorriso triunfante, claramente mais interessada no meu prejuízo pessoal do que nas perdas milionárias que seu fundo de investimento enfrentará.

Estou prestes a falar quando Karen entra na sala, o rosto desfigurado pela urgência.

—Desculpe interromper, Hailey. A SEC mandou uns inspetores, eles exigem falar com você imediatamente, e tem também agentes do FBI — anuncia ela, a voz mal passando de um sussurro.

—Merda! Que dia desgraçado! Não dá para acreditar — explodo, desferindo um tapa na mesa que ecoa como um trovão em meio ao silêncio que se segue.

Jacob Harmon ergue uma sobrancelha e seu olhar adquire um peso que quase posso sentir fisicamente no ar. Ele me encara com a gravidade de um general antes da batalha.

—Eu me encarrego dos agentes do FBI, já não é novidade para mim lidar com eles — diz ele, com uma voz que soa como uma promessa.

Engulo em seco, sentindo o nó da preocupidade apertar minha garganta.

—Jacob, por favor, seja extremamente cuidadoso com o que vai dizer a eles — peço, a tensão zumbindo em meus ouvidos como uma orquestra desafinada.

Então, sinto o toque de Jules, suave e firme ao mesmo tempo, envolvendo minha cintura. Ele se aproxima, e seu hálito quente brinca com os fios do meu cabelo.

—Eu ajudo com os da comissão de valores — ele murmura, e sua voz é um bálsamo que se infiltra pelas minhas defesas, aliviando o peso do caos ao nosso redor.

Seu olhar se deposita no meu com uma confiança inabalável que sempre tem o poder de me acalmar, de abrandar a tempestade no meu peito.

Capítulo 20

Sarah

Meus dedos tremem ao discar o número de Hailey mais uma vez. Outra tentativa, outra vez sem resposta. Ergo-me do sofá numa peregrinação agitada que me leva da sala para a cozinha, apertando o celular contra a orelha e escutando o toque com uma intensidade quase obsessiva, como se isso fosse conjurar sua voz do outro lado. A cada toque que se perde no vácuo, a ansiedade dispara flechas afiadas contra meu peito, dificultando a respiração.

Desabo de volta ao sofá, segurando o smartphone nas mãos como se fosse um passarinho delicado, o polegar hesitante sobre o botão para ligar novamente. O silêncio que me envolve parece dançar com minha inquietude, e cada tique-taque do velho relógio no corredor martela um abismo de quietude.

Um alerta de mensagem corta a tensão. O nome de Hailey brilha na tela e meu coração executa um salto acrobático ao lê-lo.

Apenas duas palavras: "Precisamos conversar".

Colapso no sofá, o telefone agora um amuleto contra meu peito. Respiro com esforço enquanto digito a resposta: "Desculpe. Não foi minha culpa."

Os três pontinhos de digitação aparecem, dançando na tela como um metrônomo da eternidade.

Hailey: "No café da Madison com a 72 em meia hora."

Eu: "Estou indo. Desculpa. Te amo."

Nenhuma resposta.

Quando abro a porta do café e a vejo sentada lá, uma onda de ansiedade tão intensa me golpeia que mal consigo andar.

—Desculpa, Hailey. Nunca quis que aquela história vazasse. Publicaram sem minha permissão — digo, antes mesmo de me sentar à frente dela.

—Então foi você...

A decepção em seus olhos é um abismo que me engole, fazendo meu corpo estremecer. Balanço a cabeça em assentimento lento, quase sentindo o coração dela se despedaçando em câmera lenta, milhões de cacos afiados caindo frente a mim. É um espetáculo devastador.

—Eu que escrevi, mas não ia publicar, já tinha decidido. Só imprimi para ler em papel, sabe como é... e esqueci na mesa, sob uma pilha de papéis. Um idiota esbarrou e espalhou tudo pelo chão e...

—Do que diabos você está falando? Merda, estava convicta de que não poderia ter sido você. Confrontei o maldito conselho de administração por tua causa. Pensei que tivéssemos algo, acreditei que me amavas — ela interrompe, e o infinito de dor na sua voz reverbera no espaço entre nós.

—Hailey, eu juro, não ia publicar aquela história. Encontraram e publicaram sem a minha permissão.

—Ah, claro, como daquela vez que fingiste não me conhecer quando nos encontramos no café em frente à minha empresa, né? Sempre com a mentira na frente. Até os teus orgasmos foram fingidos? — ela cospe as palavras, desviando o olhar e mordendo o lábio inferior num gesto de pura agonia.

É a primeira vez que a vejo tão vulnerável. Ela se quebra internamente diante dos meus olhos, e é tudo culpa minha.

—Hailey, eu...

—Você me manipulou. Me fez acreditar que estava apaixonada por mim e eu caí como uma idiota. Confiei em ti, Sarah. Te dei o que tinha de mais precioso e usaste isso para subir na tua carreira. Não fazes ideia do estrago que causaste. Nunca na minha vida alguém me feriu tanto — ela se rende às lágrimas, talvez pela primeira vez desde que se tornou adulta.

Ver Hailey Parker, a imponente, tentando enxugar as lágrimas na minha frente, ver a rainha de gelo supostamente inabalável desmoronar por minha causa, é mais do que posso suportar.

—Hailey, eu nunca te menti. Tudo que falei foi verdade, veio do coração. Jamais quis te fazer acreditar que...

—Que me amavas quando na realidade pouco te importava se minha empresa afundasse por causa de um maldito artigo?

Ela está fervendo, a voz elevada, e percebo os olhares curiosos dos outros clientes do café, alguns já sacando os celulares para nos filmar. Preciso encerrar este teatro urgente.

—Hailey, por favor, se acalma — sussurro, inclinando-me em sua direção.

—Não me venha com 'se acalme', droga! Não faz ideia do estrago que causou. Olhe as malditas ações caindo. Milhões evaporando, centenas serão demitidos, e tenho nas minhas costas a SEC, o FBI, o Departamento de Defesa. Tudo por um artigo maldito. Espero que tenha valido a pena, porque sua ética é inexistente — ela rosna com um sopro de fúria.

—Hailey, por favor...

Tento sinalizar com o olhar, implorar que perceba os telefones apontados para nós, mas ela me corta sem piedade.

—No fim das contas, o Jacob estava certo. Esta tarde, ele me disse que eu estava pensando com a porra do desejo e não com a cabeça. Aquilo doeu, mas dói mais saber que ele tinha razão. Caí no encanto de um rosto bonito, quando deveria ter colocado minha empresa acima de tudo — ela cospe as palavras, já não escondendo as lágrimas que lhe marcam o rosto, e eu sinto o chão se abrir sob meus pés.

Ela se ergue num sobressalto, atira uma nota de vinte dólares sobre a mesa e deixa o café sem me dar um último olhar. Sai batendo a porta com força, e tudo que consigo fazer é ficar sentada, observando sua silhueta se misturar à multidão, enquanto lágrimas também inundam meus olhos.

Tudo desmoronou.

Capítulo 21

Hailey

—Vou convocar uma reunião com toda a equipe amanhã cedo — digo, a voz tremendo, do fundo da limusine. — Karen, vou passar a noite em claro na empresa, peça algo para jantar, o que você quiser — acrescento, antes de me despedir rapidamente para atender outra chamada.

Droga, deve ser a milionésima ligação de hoje. Parece que o maldito artigo da Sarah enlouqueceu todo mundo. Maldita a hora em que resolvi falar com ela naquele dia. Agora, vejo tudo ruir numa velocidade que escapa ao meu controle.

—Ainda não sabemos. Por ora, pausamos todas as negociações com clientes potenciais da nova tecnologia. São ordens do departamento jurídico, mas não se preocupe, Jae-Seong, não é nada grave. São apenas contratempos americanos, talvez precisemos considerar transferir a sede da empresa para Seul — minta para acalmá-lo e para que pare de gritar. Já tenho dificuldades para entendê-lo em circunstâncias normais, que dirá com ele aos berros. — Preciso desligar, tenho outra ligação importante sobre isso. Fique tranquilo.

—Porra, Karen! Apenas diga que estamos lidando com a situação e que ainda não sabemos como a informação vazou. Ou melhor, não diga nada. Que dia infernal! — exclamo, pegando o reflexo dos olhos do motorista no espelho retrovisor. — Escuta, Karen, chegarei em quinze minutos, deixa que eu resolvo.

O couro do assento range sob o peso da minha angústia a cada movimento inquieto. A chamada com Karen é abruptamente cortada por outra. É um turbilhão sem fim, até que o número do sócio principal do escritório de advocacia recomendado por Jacob aparece na tela. Engulo em seco, apertando instintivamente o telefone antes de atender.

—Fala comigo, Jack. Diga que tem uma solução — eu saúdo, com o coração espremido pela ansiedade.

—Estamos trabalhando nisso, Hailey. Não só o FBI está na nossa cola, como também recebemos uma comunicação do Departamento de Defesa; eles querem detalhes da tecnologia e...

—Droga! — interrompo.

—Eu não ficaria tão preocupada, exceto pelas consequências econômicas. Foi uma sorte que o conselho ainda não tinha decidido vender ou não essa tecnologia fora dos Estados Unidos. Se essa informação vaza uma semana mais tarde e a tecnologia cai em mãos de um governo inimigo, você poderia estar olhando para uma pena de prisão — ele diz com uma calma que me assusta.

—O que você acha que vai acontecer? — pergunto, embora não tenha certeza de querer ouvir a resposta.

—A questão do FBI vai dar em nada, Jacob tem muita experiência com eles e já saímos de enrascadas piores, você pode acreditar.

—Não duvido — respondo, tentando imaginar os tipos de apuros que o velho investidor deve ter enfrentado ao longo de sua carreira, sempre dançando na linha tênue entre o legal e o ilegal.

—O Departamento de Defesa vai ser um problema — ele continua. — É provável que eles vejam a sua tecnologia como de uso duplo e que vocês tenham que prestar contas. Além disso, qualquer venda para fora dos Estados Unidos terá que ser autorizada e talvez até as vendas internas. Jacob está furioso, diz que vocês vão perder milhões por causa disso.

—Ganharemos em paz de espírito — afirmo. De certa forma, é como se eles tivessem tomado a decisão por nós.

—No entanto, tenho duas notícias ruins — ele diz, abaixando o tom de voz.

—Melhor me dizer logo, o dia já está um desastre.

—E vai piorar, Hailey.

—Vai me dizer tudo de uma vez ou não?

—Está bem, calma. Eu estou do seu lado, lembra? Não atire no mensageiro. O primeiro problema é que a SEC vai abrir uma investigação. As ações da empresa despencaram, como você sabe, e até tiveram que suspender a negociação na bolsa depois de atingir o limite de queda. Amanhã vão cair mais. Você terá que depor, possivelmente outros executivos da empresa e alguns membros do conselho também.

—Isso eu já imaginava. Não tenho nada a esconder. Qual é a segunda má notícia? — pergunto, nervosa.

—Não vai gostar.

—Desembucha logo, caramba! — falo, aumentando o tom de voz.

—Alguns membros do conselho querem deixar a empresa. Eles têm um argumento sólido, já que a culpa foi sua por causa daquela jornalista. Vamos ter que preparar uma oferta financeira e as finanças da companhia vão sofrer bastante com isso — ele explica.

—Qual você acha que é a melhor solução?

—Talvez a única saída seja montar uma oferta pública de aquisição e tirar a Apurva do mercado. Transformá-la novamente em uma empresa privada. Haverá cortes, você vai perder muitos milhões e praticamente todo o poder financeiro. Hailey, você terá que começar praticamente do zero outra vez — ele sugere.

—Não tenho medo de começar do zero.

—Só que desta vez você não será a Hailey Parker com quem todos querem se associar. Vai levar muito esforço reconquistar a reputação que tinha. Você sabe disso, não é?

Nem respondo. Sei que ele está coberto de razão. As portas dos grandes investidores, dos bancos de investimento, dos fundos tecnológicos, estarão fechadas. Talvez para sempre. A Hailey Parker que era recebida por quase todos com uma simples ligação é apenas um eco do passado. O estigma de ter sido ludibriada por uma jornalista, de ter acabado na cama com ela, vai me perseguir eternamente.

—Merda, merda, merda — grito depois de desligar a chamada.

Isso é um verdadeiro desastre. Não fizemos nada ilegal, mas uma pesada multa da Comissão de Valores é inevitável. Vou ter que passar pela humilhação de depor perante a SEC, certamente com a imprensa toda lá para testemunhar o espetáculo... a queda nos abismos de Hailey Parker.

Como pude ser tão idiota a ponto de me deixar seduzir por uma jornalista? Permiti-me confiar em uma mulher que mal conhecia só porque ela tinha olhos encantadores. Sarah era inteligente e engraçada, entendia-me e o sexo... o sexo era maravilhoso. Um sexo que vai me custar milhões. Milhões por cada vez que nos entregamos à paixão.

Jacob me ensinou a criar uma barreira contra o resto do mundo, mesmo sendo rotulada de arrogante e presunçosa, apesar da minha fama de rainha de gelo.

Ah, se eu tivesse escutado, droga.

Capítulo 22

Sarah

As paredes se fecham sobre mim. Minha respiração está acelerada, meus pulmões sugam o ar em rajadas cortantes. Passo os dedos pelos cabelos repetidamente, puxando até a raiz numa tentativa de aquietar meus pensamentos frenéticos.

Tudo desmorona. Os alicerces frágeis da minha vida viram pó, escorrem entre meus dedos como areia fina, até que não sobra nada para me agarrar.

O sabor frio e metálico do medo se instala na minha boca. Meus pés descalços roçam contra o soalho de madeira até que não aguento mais. Abraço-me, como se isso pudesse de alguma forma proteger-me da tempestade que ruge ao meu redor.

No apartamento, ainda posso ouvir o eco da nossa risada, uma lembrança espectral do breve romance com Hailey antes de eu arruinar sua vida... e, por tabela, a minha. Quase posso sentir o calor do seu abraço. Mas ela não voltará, e agora estou só.

O ar torna-se espesso, quase palpável. Sufoca-me a ponto de ter que me sentar no chão, pressionando os joelhos contra o peito. Tento respirar fundo, como Jackie me ensinou, mas cada suspiro é um soluço doloroso que me atordoa e não ajuda a acalmar. Já fazia tempo que não sofria um ataque de ansiedade, e este retorna com uma fúria vingativa.

Lágrimas escorrem pelas minhas bochechas e o gosto salgado alcança meus lábios. O ambiente familiar da minha casa se transforma num caleidoscópio de cores e formas borradas. O tic-tac do relógio no corredor martela meu crânio, como se cada segundo zombasse de mim ou tentasse me punir. Aperto mais forte os joelhos e fecho os olhos, desejando que tudo pare. Mas não para, a ansiedade gira dentro de mim como uma tempestade ameaçadora, pronta para arrastar tudo... como se houvesse algo a ser levado.

Resta apenas o silêncio da minha desolação ou o fraco som de gotas de chuva batendo na janela. Meu mundo está em frangalhos. Resta apenas incerteza e dor.

Como eu queria não ter escrito aquele artigo. Perdi tudo: meu emprego, a única chance de ajudar meu pai. A Hailey.

De repente, a campainha da porta irrompe em meu mar de lamentações, puxando-me abruptamente de volta à realidade.

— Sim? — atendo, confusa.

— Sarah Davis? — a voz feminina interroga do outro lado da porta.

— Sou eu.

— Tenho uma carta registrada para você, precisa assinar o recebimento.

Abro a porta e, com um olhar inquisitivo, examino o envelope com o selo oficial enquanto assino a entrega. Leio, mas as palavras parecem flutuar sem significado diante dos meus olhos. Uma convocação para depor na Comissão de Valores? O que mais pode acontecer na minha vida?

Com dedos tremendo, disquei o número que constava na carta, o coração palpitando a cada tom de chamada.

— Comissão de Valores, como posso ajudar?

— Meu nome é Sarah Davis — a voz mal escapa, mais um sussurro do que uma fala. — Recebi uma carta de convocação para depor.

— Número do processo — a mulher do outro lado da linha parece entediada, sua voz impessoal e distante.

— Um momento, por favor... 6478W56TR23.

— Caso Apurva. Deve comparecer como testemunha no dia vinte e três, às onze da manhã — ela diz, ainda desinteressada.

— Preciso chamar um advogado?

— Para quê?

— Não sei. É a primeira vez que tenho que depor — confesso, perdida.

— Não. Você vem como testemunha. Não somos um tribunal — responde com um bufar, como se eu fosse uma idiota.

— Está bem, obrigada. Estarei lá — asseguro.

Assim que desligo, a realidade me golpeia. Como posso ser tão egoísta? Perdi meu emprego, mas posso encontrar outro. Perdi Hailey, e embora não saiba se encontrarei alguém como ela, é certo que o amor encontrará seu caminho até mim novamente. Mas ela...

Eu contribuí diretamente para que ela esteja prestes a perder sua empresa, o que mais ama no mundo. Ela batalhou a vida inteira, superando desafios quase intransponíveis para chegar ao topo. E meu artigo tirou tudo dela.

Conheço Hailey Parker o bastante para afirmar que jamais ela tentou burlar a lei. Estava pronta para enfrentar o conselho da empresa, para não vender a nova tecnologia a outros países. No máximo, queria disponibilizá-la à polícia, com o nobre intuito de reforçar a segurança dos cidadãos. Creio que nem em seus pensamentos mais remotos ela imaginou que as coisas pudessem tomar esse rumo.

Ela tentou corrigir um erro e auxiliar na captura do assassino daquela pobre garota, e meu artigo foi a faísca que fez tudo explodir.

Automaticamente, disquei seu número no celular, mas, como antes, ela não atende. A diferença é que, desta vez, nem espero por um retorno.

Agora todos se voltam contra Hailey Parker. A cada novo dia, artigos a pintam como uma empresária sem escrúpulos, acusando-a de buscar milhões à custa da privacidade alheia. Dizem que ela colabora com ditadores, ajudando-os a oprimir seus povos. Eu a conheço mais profundamente do que todos esses jornalistas e sei que nada disso é verdade.

Hailey não é a empresária fria e gananciosa que descrevem, obcecada por acumular riquezas. Seu desejo sempre foi ajudar. A própria aplicação foi criada para assegurar a proteção dos mais vulneráveis. Ela queria manter suas amigas da universidade seguras, usou seu talento para criar algo que realmente fizesse a diferença... e conseguiu.

Todo o seu esforço tinha um único foco: construir um mundo mais seguro. Essa é a verdade que preciso transmitir em meu depoimento à CVM. Hailey Parker não é alguém sem ética.

Capítulo 23

Hailey

Jack Chaudhary é meu advogado há cinco anos e de Jacob Harmon por mais de vinte. Segundo Jacob, entre os contatos de Roses, Chaudhary e Associados, há juízes, senadores e uma lista de gente que pesa no cenário. Não surpreende que lidem com casos cabeludos, ainda mais tendo Jacob no histórico por duas décadas.

Mas, como advogado, apesar de estrela, ele falha em me tranquilizar. Sua tática para me preparar para depor perante a CVM é me bombardear com cada detalhe que pode dar errado e suas possíveis consequências.

—Você teve relações sexuais com a senhorita Sarah Davis?

—Poxa, Jack. Sério que achas que vão me perguntar isso? — protesto, revirando os olhos e balançando a cabeça em negação.

Ele pausa, apenas por um instante, antes de continuar rabiscando notas frenéticas em seu bloco.

—Ok, sim. Toda maldita Nova York sabe que estive com Sarah. Não entendo onde queres chegar com isso — resmungo com um suspiro de frustração.

—Se isso descambar, precisamos pintar você como vítima da situação. Esqueça a postura de mulher inabalável. Mostre-se vulnerável. Só um pouquinho, para não pensarem que é culpada e está escondendo algo. E nada de palavrões nas suas respostas quando testemunhar.

Cruzo os braços, buscando algum conforto, enquanto ele me força a revirar feridas que ainda latejam, memórias dolorosas que eu preferiria esquecer.

—Hailey, não há uma única prova escrita de que Apurva conversou com governos estrangeiros. Os poucos diálogos que tiveram foram informais, por membros do conselho. Nesse aspecto, relaxe. A CVM sabe disso, é por isso que você está depoindo lá, não para o FBI.

—Então, por que diabos eles me chamaram?

—No mínimo, quando a empresa adquiriu uma tecnologia já desenvolvida e testada com sucesso pela polícia de Nova York, você deveria ter comunicado ao mercado de valores. Como bem sabe, é uma mudança substancial na projeção de resultados futuros — ele recita, quase de cor.

— Esconder isso foi uma jogada do Jacob — eu solto, meu olhar desviando para o vazio da sala, tentando encontrar alguma verdade nas sombras.

— Eu sei, mas você é a CEO. A batata quente acaba em suas mãos — Jack rebate, sua voz é firme, mas seus olhos traem uma centelha de compaixão. — No entanto, existe um ângulo que podemos explorar... Vamos virar essa história de cabeça para baixo, transformar esse limão numa limonada para a empresa. Coloque seu rosto mais inocente e diga que sua única intenção era ajudar a justiça a prender um criminoso. Alegue que o sigilo foi para não atrapalhar as investigações policiais.

— Você acha que vão engolir essa história? — pergunto, com um ceticismo dançando nos contornos da minha voz.

— Não. A multa é inevitável, mas pelo menos sua imagem sairá menos arranhada nos jornais — ele diz, dando de ombros em uma tentativa de despreocupação.

***

—Pelo amor do céu —sussurro, revirando os olhos enquanto entro na sala onde tenho que depor.

—Lembre-se, nada de palavrões, ok? E evite qualquer confronto. Mantenha-se discreta —murmura Jack, sentando-se ao meu lado no banco.

A sala não é exatamente um tribunal, é mais um escritório amplo onde três oficiais da SEC me encaram com expressões carrancudas. Ainda assim, a atmosfera lembra mais uma reunião do que um julgamento, e isso é um terreno que conheço bem.

Ouço pacientemente enquanto fazem as devidas apresentações até que um dos diretores regionais da Comissão de Valores fala.

—Senhorita Parker, pode confirmar que a sua empresa, Apurva, esteve em contato com a polícia de Nova York e que como resultado utilizaram uma tecnologia experimental desenvolvida por vocês?

—Sim.

—Pode explicar em que consiste a tecnologia oferecida? —ele insiste.

Solto um bufo involuntário e recebo uma cotovelada do meu advogado. Tento explicar, como se estivesse falando com uma criança, como a inteligência artificial da nossa empresa utiliza análise preditiva para antecipar resultados futuros. Eles arregalam os olhos ao serem informados de que ela é capaz de aprender por si só, a partir dos modelos estatísticos iniciais e do treinamento que recebe.

Adoto uma expressão inocente e explico como a inteligência artificial ajudou a capturar um assassino. Para encerrar, friso que não se tratou de uma transação comercial, e sim de uma parceria com a polícia.

—Você se saiu muito bem —sussurra meu advogado, quando fazemos uma pausa, que aproveito para ir ao banheiro e beliscar algo para comer.

Depois do intervalo, começa uma rodada de depoimentos de outras pessoas que a SEC chamou para o caso. O departamento de polícia apresenta dados que mais ou menos batem com o que eu disse, mas sinto um frio na espinha ao ouvir o próximo nome.

—Senhorita Sarah Davis.

Sarah entra na sala com passos pequenos, o rosto contorcido pela tensão. Nossos olhares se encontram e ela desvia rapidamente. Seus olhos fogem dos meus, provavelmente ciente de que sua declaração vai me afundar ainda mais.

—Pode confirmar que foi a senhora quem escreveu o artigo publicado sobre a nova tecnologia da Apurva? —indaga o tribunal.

—Sim, é correto —responde Sarah, quase com medo.

—Entendo que também passou um tempo considerável com a senhorita Hailey Parker como parte do processo de documentação —acrescenta outro membro do tribunal.

Ah, sim, o tal processo de documentação. Aquela vadia. Ela me arruinou com um artigo. Mas tenho que admitir que o que mais dói não é o uso que ela fez de mim. O que realmente me quebrou foi acreditar que ela estava apaixonada por mim, porque eu estava por ela. E agora meu coração está espatifado em mil pedaços, sem a menor chance de se recompor.

Sarah começa a falar e levo a mão à testa, esperando o pior, mas sua resposta me deixa atônita.

—A verdade é que o artigo destaca aspectos da tecnologia da Apurva que permitem monitorar indivíduos. Mas não deveria ser visto como algo ruim, muito pelo contrário — afirma Sarah, sua voz ecoando com uma certeza desafiadora. Há uma pausa estratégica enquanto ela toma um gole da água cristalina à sua frente, e eu sinto seu olhar encontrar o meu pela primeira vez.

—Apurva não é um colosso tecnológico como o Google ou o Facebook — ela continua, com uma leve inclinação de cabeça que sugere uma introspecção. — É verdade que é uma empresa de sucesso, mas sua motivação sempre foi ampliar a segurança dos mais vulneráveis. A aplicação nasceu da intenção de proteger as mulheres. Além disso, Apurva se esforçou para criar um ambiente de trabalho inclusivo e inspirador para sua equipe. Quanto à Comissão de Valores, desconheço os motivos, mas pode fazer sentido se considerarmos que era uma tecnologia experimental usada apenas para ajudar a solucionar um crime.

Ela faz outra pausa, e eu quase posso vislumbrar um sorriso tímido em seus lábios.

—Gostaria de pedir que a SEC leve em conta as pessoas que trabalham na Apurva na hora de decidir. São homens e mulheres com famílias, que dedicaram horas infindáveis ao desenvolvimento de uma tecnologia para aumentar a segurança dos indivíduos. Podemos discutir se isso sacrifica a liberdade em nome da segurança ou se, em alguns casos, poderia ser usado contra os cidadãos, mas isso ainda não aconteceu. Minhas investigações revelaram certas irregularidades, sim, mas também me mostraram a verdadeira índole de Hailey Parker como uma mulher comprometida em melhorar a vida dos outros — ela conclui, sua voz firme, mas carregada de emoção.

Estupefata, fico em silêncio, observando enquanto Sarah se ergue da cadeira, acenando com um gesto solene para o tribunal antes de sair da sala sem me dar um segundo olhar.

—Peço um intervalo para ir ao banheiro — digo rapidamente, antes que alguém possa falar.

O presidente gesticula permissão e eu disparo para fora da sala, deixando um rastro de surpresa e especulação.

—Sarah, espera! — chamo, descendo as escadas às pressas.

Ela para e se vira para mim. A poucos metros de distância, percebo lágrimas em seus olhos.

—Muito obrigada — murmuro, com a mão pressionada contra o peito.

Sarah acena com a cabeça lentamente e sorri, um sorriso tingido de melancolia.

Capítulo 24

Sarah

O ventilador executa sua dança circular acima de mim, zumbindo suavemente enquanto jazo imóvel na solidão do meu quarto, encarcerada por pensamentos que não consigo exorcizar. Meu corpo pesa, cada músculo impregnado com o chumbo invisível do remorso e da angústia, me prendendo ao colchão com força gravitacional.

A imagem de Hailey naquele café se repete incessantemente na minha mente. A dor e a fúria emoldurando seu rosto, aquele adeus silencioso e definitivo. A decepção nos seus olhos quando lhe confessei ser a autora do artigo. Mesmo com minha assinatura estampada na página, ela escolheu acreditar até o último segundo que não era verdade. Ela se recusou a aceitar a realidade. Agora, apenas o eco da ausência de sua risada preenche o quarto.

Uma lágrima solitária escapa, traçando um caminho salgado em minha pele, e esse simples contato acende uma fogueira de autoaversão. Ah, se eu pudesse rebobinar o tempo, corrigir aquele erro atroz. Mas o tempo é implacável, escorrendo por entre meus dedos feito areia fina. Tudo ao meu redor parece ruir.

A noite cai, e os demônios que me assediam diariamente retornam para se banquetear com os fragmentos da minha alma. Eles sussurram acusações que reverberam em minha consciência: tola, você destruiu tudo.

Então, uma luz tênue irrompe no meu celular. Prendo a respiração, o nome de Hailey iluminando a tela, fazendo meu pulso acelerar. Uma palavra simples.

— *Hailey: Café?*

— *Eu: Onde?*

— *Hailey: Em qualquer lugar, menos no café da Madison com a 72. Talvez nem me deixem entrar depois dos meus gritos da última vez.*

— *Eu: Que tal o da Quinta Avenida com a 79? Fica perto da sua casa.*

— *Hailey: Perfeito. Me liga quando sair do trabalho.*

— *Eu: Não estou trabalhando.*

Os três pontinhos da sua digitação parecem durar uma eternidade.

— *Hailey: Pensei que você seria promovida.*

— *Eu: É uma longa história. Nos vemos em meia hora?*

— *Hailey: Estarei lá.*

Aperto o telefone contra o peito, como se fosse um amuleto capaz de transmutar a escuridão que me envolve. Num súbito, a penumbra se dissipa, meus demônios internos se desintegram e meu coração martela com tanta força que ameaça romper a barreira do meu peito.

Me arrumo às pressas e, ao chegar no café, avisto Hailey à mesa junto à janela, um quadro de serenidade. Quando me vê, ela começa a se levantar, mas antes que consiga, me aproximo, envolvo seu pescoço com meus braços e deposito um beijo em seus lábios como se fosse o gesto mais natural do mundo. Apenas percebo sua reserva quando seus lábios permanecem selados, e a realidade do meu ato impetuoso me atinge.

— Droga, me desculpe, Hailey — murmuro, levando a mão aos lábios, estupefata.

— Levando em conta o padrão que você estabeleceu, foi um beijo de merda, mas nada que requeira um pedido de desculpas — ela brinca, um sorriso iluminando seu rosto.

— Como você pode ser tão idiota? Você sabe o que eu quero dizer. Eu nem pensei... — digo, enquanto escorrego para a cadeira ao seu lado.

— Não tem problema.

— E então, como foram as coisas com a SEC? — pergunto, a ansiedade tecendo minha voz.

— Uma multa por alguns documentos atrasados, nada mais — ela confessa com um sorriso tênue.

— Que bom. Sei que você não teve problemas com o FBI e que o Departamento de Defesa vai ficar de olho na empresa. Então, tudo certo, não é?

— Bem, se ignorarmos que metade do conselho ativou uma cláusula que me obriga a recomprar as ações e que temos que fazer uma oferta pública de exclusão, sim — ela diz com um encolher de ombros.

— Quanto você vai perder com isso? Não sou mais jornalista — digo rápido.

— Algo entre duzentos e duzentos e cinquenta milhões.

— Caramba, Hailey. Eu gostaria de poder compensar, mas acho que isso é impossível — admito, a voz embargada.

— Sim, estamos bem no fundo do poço — ela reconhece, seus olhos se estreitando. — Mas vou sair dessa. Não sou tão fácil de derrubar. Vou ter que dispensar quase todos os funcionários. Vou manter apenas a Karen e os programadores mais fiéis e começar quase do zero.

— Eu sinto muito. Você não faz ideia de quanto. Mal consigo dormir à noite pensando na confusão em que te coloquei.

—Sarah, acho que era uma caixa de bombas prestes a explodir. Você só deixou cair o fósforo que acendeu o pavio. Depois, voou pelos ares e a merda nos atingiu em cheio. Se quiser saber, quase que prefiro assim. Conversei com Jules e é como se a vida me desse uma segunda chance. Desta vez, espero fazer tudo muito melhor. Vou ganhar menos dinheiro, mas acredito que serei mais feliz — ela diz, tomando minha mão entre as suas e acariciando-a com o polegar. — E o que aconteceu com o seu trabalho?

—Deixei no mesmo dia em que publicaram o artigo. O que lhe disse naquele café era verdade. Eu tinha impresso, mas esqueci a folha na mesa. Um idiota tropeçou, espalhou os papéis pelo chão e viram o que eu tinha escrito. Nunca dei meu consentimento, mas, pelo visto, quando me contrataram, assinei uma cláusula que dizia que tudo o que escrevia era propriedade do jornal ou algo do tipo — explico, apertando sua mão.

—É, a gente tem uma parecida para os programadores. Caramba, por que você não me contou naquele dia no café?

—Tentei te contar, Hailey, mas você não me ouvia — falo, revirando os olhos.

—Quando eu me irrito, eu não ouço — ela admite, com um pedido de desculpas no olhar. — Mas me diz, como você está se virando agora?

—Com os últimos dólares que me restam. Na próxima semana, vou me mudar para a casa do meu pai. Não posso mais pagar o aluguel do meu apartamento.

—Caramba — Hailey suspira profundamente.

—Não tem problema, essas coisas acontecem. Eu não estou perdendo de duzentos a duzentos e cinquenta milhões.

—Me diz uma coisa. Aquilo que você disse na frente da SEC, você realmente acredita naquilo? — ela pergunta, baixando a voz e cravando em mim seus olhos azuis deslumbrantes.

—Em cada palavra. Acho que você é a mulher mais fascinante que eu já conheci. Inteligente, apaixonada, linda.

—Você esqueceu do sexo.

—E às vezes, um pouco tola — brinco, e um leve sorriso quebra a tensão. — Não me dói ter perdido o emprego, no fundo eu não estava feliz. O que dói é ter te perdido. Eu nunca quis te machucar, juro. Eu te amava, ainda amo, embora eu entenda que depois do que aconteceu, você pode não querer mais nada comigo.

—É engraçado — Hailey de repente exclama.

—O que é engraçado?

—Eu ia dizer o mesmo. O que mais doeu não foi perder o dinheiro ou a empresa, foi te perder.

—Você vai me fazer chorar — sussurro, enxugando rápido as lágrimas que traem meus olhos.

—Se quiser, não precisa se mudar para a casa do seu pai. Pode ficar na minha casa. Tenho quartos sobrando — ela esclarece rapidamente. — Só até você encontrar outro emprego, depois você decide...

—Ficaria estranho se eu pedisse para começarmos do zero? — pergunto com um longo suspiro.

—Literalmente, além do mais, porque ambas temos que sair da lama.

—Oi, meu nome é Sarah! Não sou jornalista — brinco. — Gostaria de te convidar para jantar hoje à noite.

—Oi, eu sou Hailey — ela responde, rindo, estendendo a mão. — Você é muito direta, mas aceito seu convite — diz, deixando escapar uma gargalhada.

—Eu pago, eu escolho o jantar — digo, dando de ombros.

Hailey me olha, ainda rindo, e levanta as mãos em sinal de rendição.

E neste momento, somos apenas Sarah e Hailey. Não há vestígios da jornalista ou da empresária. Somos apenas duas mulheres prontas para começar um relacionamento juntas. Do zero, sem o peso do que aconteceu até aqui.

Capítulo 25

Hailey

Assim que deixamos o café para trás, Nova York me abraça com sua sinfonia de sons, cores e vida pulsante. Apesar dos anos nesta cidade, ela sempre consegue me surpreender. As buzinas frenéticas, o mar de pessoas nas calçadas, as sirenes distantes. O ritmo constante da Big Apple faz meu coração bater mais forte.

Ao cair da tarde, o céu se pinta com matizes rosados e laranjas que refletem nos olhos de Sarah, emprestando-lhes um brilho único.

— Chamo a limusina?

— Não precisa, é pertinho — ela sussurra, depositando um beijo suave na minha bochecha.

— Vai me dizer onde é?

— Se eu contar, perde a graça da surpresa — diz com um encolher de ombros. — Só posso adiantar que hoje você vai provar a verdadeira comida nova-iorquina. Sem sushi, escalopes ao molho gorgonzola ou vinhos caríssimos.

— Nem você, nem eu somos daqui, lembra? — provoco, arqueando uma sobrancelha.

— Mas já pegamos o jeito.

Entrar no Central Park é como atravessar um portal para outra dimensão. O caos urbano diminui, quase some, como se nos embrenhássemos em um pedaço da natureza.

— Chegamos — anuncia Sarah.

— Um food truck?

— Não é qualquer food truck. Aqui tem os melhores cachorros-quentes de Nova York — ela garante com um sorriso.

O trailer, que certamente já viu dias melhores, exibe uma pintura descascando pelas bordas. No entanto, o aroma dos cachorros-quentes é tão convidativo que faz qualquer detalhe passar despercebido.

Assim que nos colocamos na fila, o cheiro me transporta para a infância. Ressurgem ecos daquela época simples e feliz, brincando com meus pais e irmão antes do acidente que os levou e mudou minha vida para sempre.

— Dois cachorros-quentes com tudo, por favor — pede Sarah.

Abro a carteira para pagar, mas ela me impede com um gesto.

— Hoje é por minha conta — diz, com um tom sério.

Com os cachorros-quentes em mãos, nos acomodamos em um banco sob a copa de um velho carvalho, que provavelmente já estava ali antes de Manhattan existir.

O sabor do primeiro mordisco é maravilhoso. A acidez da mostarda, a crocância do chucrute, uma verdadeira explosão de sabores. Fechando os olhos, me deixo saborear aquele momento e, por um instante, estou novamente ao lado dos meus pais.

— Você está chorando? — pergunta Sarah, com a mão em minhas costas.

— Está tudo bem, só me trouxe lembranças da infância — respondo, secando as lágrimas com a manga da blusa.

— Quer falar sobre isso?

— Outro dia — sussurro, esquivando-me dos pesos do passado —. Hoje, só quero ser feliz.

Sarah contorna meus ombros com seu braço e me puxa para mais perto, seu corpo é um refúgio. Com um toque maternal, ela limpa uma mancha de mostarda na minha barbilla e eu suspiro, um som que carrega mais do que palavras poderiam dizer.

— O que você acha do jantar?

— Quer a verdade? — pergunto, arqueando as sobrancelhas em desafio.

— Claro — ela diz, com uma firmeza que corta o ar. — Chega de meias palavras entre nós. Se isso aqui vai dar certo, tem que ser sem segredos, sem meias verdades. E isso vale pra mim também.

— Concordo — confesso, com uma honestidade que parece nova, mesmo para mim.

— Então, me diz. Tá gostando mesmo? Ou tá comendo só pra me agradar?

— É a melhor coisa que comi em muito tempo — admito, assentindo devagar, saboreando cada sílaba como o cachorro-quente que ainda perfuma o ar noturno. — É incrível que algo tão simples, num banco de parque, possa ser tão bom.

— Você estava perdendo muitas coisas — Sarah diz, com um sorriso na voz.

Ela se inclina, seus lábios quase tocando meu ouvido, e sussurra:

— Tenho mais uma surpresa pra você.

Sua respiração é um arrepio na minha pele e eu tremo, não de frio, mas de antecipação.

— Me surpreenda.

Seus olhos desviam para o food truck e eu sigo seu olhar. Vejo um entendimento mudo entre ela e o vendedor, que agora se aproxima com uma garrafa nas mãos. Não consigo identificar o rótulo, mas é, sem dúvida, vinho branco. Ele, que há pouco parecia cansado, agora caminha com uma postura quase nobre, ostentando sua camiseta branca e boné preto, tendo a Bethesda Fountain como plano de fundo.

Um sorriso escapa dos meus lábios e Sarah pisca para mim enquanto o vendedor se aproxima.

— Seu vinho, senhorita Davis, um Verdejo bem geladinho e copos de plástico, como pediu.

— Obrigada, Justin. Pode deixar que eu cuido daqui. Ah, e os cachorros-quentes estão perfeitos, os melhores da cidade.

— Um prazer preparar algo para quem sabe apreciar — ele diz, seu sorriso alcançando os olhos, um lembrete de que palavras gentis podem transformar um dia comum em algo especial. — Tenham uma ótima tarde e aproveitem o vinho.

Sarah me olha com diversão nos olhos, pede para eu segurar os copos e com um movimento elegante, abre a garrafa. Nada mais prático do que um vinho de rosca. Ela serve um pouco em cada copo e coloca a garrafa ao lado.

— Permita-me — ela diz, quase solene, erguendo o copo e fixando seus olhos nos meus. — Agora, faça apenas o que eu fizer.

— Bem geladinho mesmo, que vinho é esse? — provoco, entrando na brincadeira e deixando a tensão flutuar entre nós, leve como a brisa da noite.

— Um Verdejo, é um vinho da Espanha, da região de Rueda — ela me instrui, erguendo levemente o braço esquerdo, mostrando o líquido no copo transparente. — Repare na cor amarelo palha com reflexos esverdeados. Se inclinar um pouco o copo sobre a manga da minha blusa branca, vai ver melhor o brilho.

Arqueio as sobrancelhas, surpresa com seu conhecimento. Isso era inesperado.

— Agora, aproxime do nariz e me diga o que sente — ela diz, e até parece ter autoridade no assunto.

— Ummm... pode soar estranho, mas me lembra grama recém-cortada. Aquele cheiro que fica pairando no ar por horas — descrevo, tentando identificar as notas.

— É o caráter intensamente herbáceo que ele tem, até notas de ramo de tomate você pode sentir.

— Agora que mencionou... Sarah, acho que você está me influenciando! — caímos na risada, uma risada genuína e libertadora.

— Sério, quando foi a última vez que você cheirou um ramo de tomate?

— Eu quero provar logo, estou ficando impaciente.

— Então vamos lá, você vai experimentar um vinho intenso e frutado, com uma acidez suave e um final levemente amargo — ela anuncia.

Sarah leva um pequeno gole aos lábios e, antes de engolir, faz um movimento como se estivesse bochechando. Não consigo me conter e solto uma gargalhada, o que a faz quase me banhar em Verdejo no meio do Central Park.

— Hailey, isso definitivamente não é tão simples quanto você explicou com o Vega Sicilia na nossa primeira janta, e olha que assisti aquele vídeo no

YouTube inúmeras vezes e parecia fácil — ela diz entre risos.

— Um Vega Sicilia pode custar milhares de dólares, mas um momento como este... não tem preço. Não se compra com dinheiro — confesso enquanto nossos lábios se encontram, e percebo que não existe maneira melhor de degustar um Verdejo do que em seus lábios.

Caminhamos de mãos dadas por um caminho sinuoso, uma brisa quente carrega o aroma da grama e das flores, e começo a acreditar que passei a vida toda procurando a felicidade no lugar errado.

O skyline da cidade se reflete na superfície de um dos lagos, os arranha-céus se tingem com as chamas das nuvens, criando um espetáculo de pura magia.

— É lindo, não é? — ela sussurra no meu ouído, antes de depositar um beijo em meu pescoço.

— É sim — admito, apertando sua mão.

— Isso não se compra com dinheiro. Além do mais, está literalmente na frente da sua casa e aposto que nunca aproveitou assim.

— Acho que a companhia faz toda a diferença — reconheço, fechando os olhos com um sorriso tolo nos lábios.

— Será a nossa nova rotina. Um dia por semana, vou te convidar para comer um cachorro-quente no Central Park e veremos o pôr do sol de mãos dadas. Que tal?

Após essas palavras, ela enquadra meu rosto com suas mãos, seus polegares desenhando carícias em minhas maçãs do rosto. Encosta sua testa na minha e sussurra um "eu te amo" que, naquele instante, soam como as duas palavras mais sublimes do universo.

— Sabe outra vantagem de ter tua casa aqui ao lado? É que podemos chegar em poucos minutos porque, agora mesmo, preciso te amar — ela suspira, puxando minha mão, despertando um arrepio que percorre minha espinha.

Epílogo

Sarah — Um ano depois.

Outono em Vermont pinta o dossel das árvores em tons vermelhos e dourados, que dançam no espelho d'água do lago. Sentada ao lado de Hailey num velho cais de madeira, nossos dedos entrelaçados desafiam o tempo, suspendendo-o ao nosso redor.

Hailey aperta minha mão com mais força e me oferece um sorriso. É um daqueles sorrisos carregados de promessas, tecendo sonhos de um futuro radiante ao seu lado.

— Em que você está pensando? — ela indaga, acomodando a cabeça em meu ombro.

— Nesta tarde. Estou com uma ansiedade que não consigo descrever — confesso.

Com um suspiro suave, Hailey desliza até que sua cabeça repouse em meu colo, agarrando-se à minha perna como se fosse um travesseiro de conforto. Em momentos assim, sua faceta afetuosa desabrocha, contrastando com a imagem de mulher inacessível que normalmente projeta.

Os raios do sol aquecem nossas costas enquanto um bando de gansos traça arabescos no céu, e a felicidade que me preenche é tão vasta que foge a qualquer tentativa de verbalização.

— Olá, pombinhas — Jules nos saúda, aproximando-se com passos leves.

Ela e Kate têm se desdobrado para que tudo esteja perfeito, e começo a pensar que Hailey não poderia ter escolhido um cenário melhor.

— Lembra da primeira vez que te falei deste hotel, Hailey? — questiona Jules, acomodando-se ao nosso lado.

Hailey ergue a cabeça por um instante, mas logo a repousa de novo em meu colo, incentivando-me a continuar acariciando seus cabelos.

— A gente ia mudar o mundo, eu e você — ela suspira —. Em vez disso, Kate e Sarah acabaram por nos transformar.

Então, com um sorriso que ilumina seu rosto, ela se ergue um pouco e aproxima seus lábios dos meus para um beijo rápido, sob o olhar cúmplice e divertido de Jules.

***

Um punhado de amigos próximos repousa em cadeiras dobráveis, adornadas com esmero para a ocasião. Um arrepio percorre meu corpo ao entrelaçar os dedos com os de Hailey, cuja pele suave agora é tão familiar que minha pele anseia por ela em sua ausência.

Optamos por vestidos de marfim simples, nada que ofuscasse a pureza do nosso amor.

— Respira, Hailey — lembro-a com um sussurro, nossos passos nos levando em direção ao palco.

— Aquela faixa arco-íris ficou incrível. Confesso que estava um pouco apreensiva com a decoração, agora que descobri seu lado mais meloso com o livro que você está escrevendo — ela provoca com um brilho travesso nos olhos.

Fecho os olhos e sorrio, balançando a cabeça. Depois de deixar o jornal, Hailey foi o vento sob minhas asas, incentivando-me a seguir o sonho de escrever. E o sonho floresceu além das minhas esperanças mais selvagens — no próximo mês, minha primeira sessão de autógrafos terá lugar em Boston.

— Estou amando ver teu pai tão contente — ela sussurra, depositando um beijo suave em minha bochecha.

Desvio o olhar e o encontro na primeira fila. Sentado em sua cadeira de rodas, mas irradiando felicidade. Suas mãos trêmulas secam as lágrimas que teimam em marcar seu rosto.

Hailey nega, mas no íntimo sei que antecipou nosso casamento para que ele pudesse testemunhar este momento, para que meu pai soubesse que eu não estaria só, que teria alguém ao meu lado para amar e cuidar de mim para sempre.

Na cerimônia, fala-se de compromisso e paciência, compaixão e confiança — alicerces sólidos para edificar a vida a dois. Enquanto isso, memórias doces do ano que passei com Hailey ecoam em minha mente: o som das gargalhadas em noites de inverno aconchegadas diante da lareira, o consolo de seus beijos e carícias quando a tristeza me abate pensando no ocaso da vida de meu pai, as noites de paixão que ainda nos deixam sem fôlego.

Ela me sorri e aperta minha mão, e quando me perguntam se desejo receber Hailey como minha esposa, para vivermos juntas em matrimônio, para amá-la e cuidar dela enquanto durarem nossas vidas, um retumbante "sim, aceito" rompe de meus lábios.

Milton Keynes UK
Ingram Content Group UK Ltd.
UKHW040143170224
437973UK00002B/236

9 798224 140923